REENCONTRO
literatura

Mary Shelley

Frankenstein

Tradução e adaptação em português de

Cláudia Lopes

Ilustrações de

Sérgio Niculitcheff

editora scipione

Gerente editorial
Sâmia Rios

Editora
Cristina Carletti

Preparador de orginais
Roberto Homem de Mello

Revisores
Denise de Almeida
Adalberto Luís de Oliveira
Nair Hitomi Kayo

Coordenadora de arte
Maria do Céu Pires Passuello

Programador visual de capa e miolo
Didier Dias de Moraes

Diagramador
Fábio Cavalcante

Ilustração de capa
Wanduir Duran

Ilustrações de miolo
Sérgio Niculitcheff

editora scipione

Avenida das Nações Unidas, 7.221
Pinheiros
CEP 05425-902 – São Paulo – SP
www.aticascipione.com.br

Tel.: (0xx11) 4003-3061
atendimento@aticascipione.com.br

2023

ISBN 978-85-262-4601-0 – AL

ISBN 978-85-262-4602-7 – PR

Cód. do livro CL: 733942

CAE: 219439

5.ª EDIÇÃO
25.ª impressão

Impressão e acabamento
Bartira

Traduzido e adaptado de *Frankenstein*, de Mary Shelley. Londres: Pyramid Book, 1957.

Dados Internacionais de Catalogação na Publicação (CIP)
(Câmara Brasileira do Livro, SP, Brasil)

Shelley, Mary, 1797-1851.

Frankenstein / Mary Shelley: adaptação para o português de Cláudia Lopes. – São Paulo: Scipione, 1997. (Série Reencontro literatura)

1. Literatura infantojuvenil. I. Lopes, Cláudia. II. Título. III. Série.

97-0379 CDD-028.5

Índices para catálogo sistemático:
1. Literatura infantojuvenil 028.5
2. Literatura juvenil 028.5

SUMÁRIO

QUEM FOI MARY SHELLEY?

Mary Godwin tinha apenas 17 anos quando conheceu Percy Shelley, um jovem talentoso, de família aristocrática e que havia sido expulso da tradicional Universidade de Oxford, depois de publicar um panfleto sobre "a necessidade do ateísmo". Provavelmente foi isso que os uniu, pois, além de arruinar sua carreira acadêmica para expor suas convicções, Percy era admirador do pai de Mary, William Godwin – um escritor e filósofo que tinha ideias pouco convencionais.

A Inglaterra passava pela primeira fase da Revolução Industrial (1760-1850). O sistema doméstico de produção dava lugar às fábricas, às máquinas, à força motriz. A tecnologia trazia o progresso, mas também as desumanas jornadas de trabalho, os salários aviltantes, a poluição, a concentração da riqueza nas mãos de poucos. Foi nesse contexto que surgiram as primeiras agitações entre operários, reivindicando desde condições mais dignas de trabalho até o direito de voto. Também surgiram os reformistas políticos e as ideias utópicas e anarquistas.

Godwin era um deles: sonhava com uma sociedade comunitária e pastoral em que predominaria o racionalismo e, portanto, o ateísmo. Considerava as doutrinas políticas de então antirracionais e, portanto, opressivas e más. As ideias apaixonantes de Godwin e a forma apaixonada com que as transmitia cativavam os rapazes inquietos que não se subordinavam ao conservadorismo da sociedade inglesa. Assim, em torno dele reuniam-se Keats, Shelley e Byron, além dos mais velhos Wordsworth e Coleridge, ou seja, os hoje aclamados grandes poetas do Romantismo inglês.

Shelley vivia então com uma jovem chamada Harriet Westbrook, com quem viajava pela Inglaterra e Irlanda distribuindo panfletos e promovendo comícios contra a injustiça social. Quando se apaixonou por Mary, acreditou ser possível manter duas relações amorosas ao mesmo tempo e expôs sua intenção a ambas. Harriet, no entanto, não aceitou e Shelley, num gesto impulsivo, abandonou-a, grávida, fugindo com Mary para o continente. Dois anos depois, em 1816, Harriet

suicidou-se. Talvez o abalo causado pela sua morte tenha amenizado a impetuosidade do temperamento de Shelley, porque, no fim daquele mesmo ano, ele se casou oficialmente com Mary – o que no seu caso significava "ceder a uma convenção limitante e exclusivista".

Seja como for, Percy e Mary tiveram um filho e viveram dentro das convenções, embora sua rotina fosse sempre animada pela presença de amigos – poetas ingleses, em sua maioria, que se hospedavam na casa do casal, onde quer que estivessem morando: na França, na Itália ou na Suíça. Foi em Genebra que Mary contou ao marido e aos seus hóspedes, Byron e John Polidori, o sonho que tivera na noite anterior: uma criatura horrível que dava sinais de vida quando se ligava uma máquina potente a ela. A conversa se estendeu pela madrugada, versando sobre fantasmas e vampiros. Por fim, todos aceitaram o desafio proposto por Byron: cada um deles deveria escrever uma história sobrenatural e submetê-la a julgamento.

Assim nasceu *Frankenstein.* E o que teria sido uma história d fantasma para entreter amigos, tornou-se a obra precursora da ficç científica. Além disso, combinando elementos românticos e gótic Mary Shelley introduziu o tema do monstruoso na literatura mo na, inspirando, até um século depois, autores como Edgar Allan Guy de Maupassant, Stevenson, H. G. Wells e Bram Stoker.

Frankenstein foi publicado anonimamente em 1818 e re cado, com algumas alterações, em 1831. Mary lia muito, pes arduamente e colaborava em diversos jornais e revistas; com mentava o orçamento doméstico que as poesias de seu ma podiam suprir. Percy morreu em 1822, na Itália, quando o que velejava foi apanhado por uma tempestade. No an Mary voltou para a Inglaterra, foi "perdoada" por seu s filho tornou-se herdeiro da fortuna da família Shelley.

Mary escreveu outros romances, entre eles *O últ* uma fábula sobre a destruição da humanidade, no s que um único homem sobrevive. Mas nenhum dos se o sucesso de *Frankenstein,* que é, até hoje, a criação li poeticamente ilustra o dilema do homem moderno superar as próprias limitações.

Diário de um navegador

São Petersburgo, 11 de dezembro

Estou muito ao Norte de Londres, avançando em direção ao polo. Tentam convencer-me de que o polo é a moradia do gelo e da desolação, mas, para mim, apresenta-se como a região da beleza e do prazer. Lá o sol é para sempre visível, seu largo disco debruando o horizonte e difundindo um esplendor perpétuo. Lá – assim confiando no que dizem os navegadores –, atravessando a neve e a geada, e navegando por um mar calmo, podemos ser levados pelo vento a uma terra que ultrapassa, em maravilhas, qualquer outra região jamais descoberta no globo. Dizem que suas características são únicas, como o fenômeno de corpos celestes daqueles ermos desconhecidos.

O que não pode ser esperado de um país de luz eterna? Lá posso vir a descobrir o extraordinário poder que atrai a agulha da bússola; irei saciar minha curiosidade ardente com a visão daquela parte do mundo nunca antes visitada e caminhar numa terra nunca antes marcada pelos pés de um homem.

Durante seis meses preparei-me para esta aventura. Estudei Matemática, Medicina, ramos da ciência física e navegação. É uma viagem longa e difícil, com emergências que exigirão todas as minhas forças. Se eu for bem-sucedido, muitos, muitos meses, lvez até anos passarão antes que eu retorne à minha terra natal; eu falhar, voltarei em breve, ou nunca.

Archangelsk, 28 de março

Estou agora no extremo Norte da Rússia. Aqui o tempo a lentamente, neste porto rodeado de gelo e neve. Mas já tomei sso decisivo para a minha aventura: aluguei uma embarcação

e agora seleciono a tripulação. Alguns que já contratei parecem ser homens com quem posso contar: possuem muita coragem. Mas tenho uma carência que não consigo satisfazer: um amigo. Quando estiver cheio de entusiasmo pelo sucesso, não haverá ninguém para partilhar minha alegria; se estiver atacado pelo desapontamento, ninguém se esforçará para amparar-se na minha depressão. Está certo, poderei escrever, mas este é um pobre meio de comunicação de sentimentos. Desejo a companhia de um homem que simpatize comigo, que possua uma mente cultivada e capaz, cujos gostos sejam como os meus, para aprovar ou aperfeiçoar meus planos. Tal amigo iria consertar minhas falhas, uma vez que sou muito ardente na execução e impaciente demais para com as dificuldades. Não me desprezaria por eu ser um romântico e teria bastante afeição por mim para tentar equilibrar minha mente.

Mas são inúteis essas reclamações. Certamente não encontrarei um amigo no vasto oceano, nem mesmo aqui em Archangelsk, entre mercadores e homens do mar, apesar da presença de inúmeros navios ingleses.

Seguirei viagem, assim que o tempo permita minha partida. O inverno foi tremendamente severo, mas a primavera promete bom tempo. Tenho uma sensação de tremor, meio agradável, meio assustadora. Estou indo para regiões inexploradas, para a terra da bruma e da neve. Enfrentarei os mistérios perigosos do oceano. Mas há em mim o amor e a crença no incrível, entrelaçados em todos os meus projetos, que me tiram das trilhas comuns dos homens, até levar-me ao oceano bravio e às regiões jamais visitadas que estou em vias de explorar.

7 de julho

Escrevo apressadamente; estou vivo e avanço em minha viagem. Tenho bom humor: meus homens são valentes e parecem firmes em propósito; nem as placas flutuantes de gelo que continuamente passam por nós, indicando os perigos da região em direção à qual estamos avançando, conseguem desanimá-los.

Já alcançamos uma latitude muito alta; mas agora é o pico do verão e os ventos do sul, que nos empurram em direção às terras que eu desejo tão ardentemente atingir, sopram um pouquinho de calor, pelo qual eu não esperava.

Nenhum incidente que mereça se registrado nos aconteceu. Um ou outro vento forte e o aparecimento de um vazamento não são acidentes que mereçam ser anotados. Ficarei muito contente se continuarmos assim.

Mas se houver acidentes, serei frio, perseverante e prudente. O sucesso há de coroar meus esforços. Cheguei até aqui, traçando um caminho seguro pelos mares sem trilha; as próprias estrelas são testemunhas do meu triunfo. Por que não prosseguir pelo elemento indomável e no entanto submisso? O que poderá deter o coração determinado e a vontade resoluta de um homem?

5 de agosto

Aconteceu conosco um acidente tão estranho que não posso deixar de registrá-lo.

Na última segunda-feira (31 de julho), estávamos totalmente circundados por gelo, que fechava o navio por todos os lados, quase não deixando nem o espaço no qual flutua. A situação era, de algum modo, perigosa, especialmente por estarmos também rodeados por uma neblina espessa. Esperamos que alguma mudança acontecesse na atmosfera e no tempo.

Lá pelas duas horas a bruma dissipou-se e então vimos, estendendo-se em todas as direções, vastas planícies irregulares de gelo, que pareciam não ter fim. Alguns de meus companheiros suspiraram e minha mente começou a ficar alerta, com pensamentos ansiosos, quando uma visão estranha subitamente chamou nossa atenção e distraiu-nos de nossa própria atuação. Vimos uma carruagem baixa, presa a um trenó e puxada por cães, passar em direção ao norte, à distância de meia milha; um ser que tinha a forma de um homem, mas aparentemente de uma estatura gigantesca, sentado no trenó, guiava os cães. Observamos com nossos telescópios o rápido progresso do viajante até que se perdeu entre as distantes irregularidades do gelo.

Essa aparição excitou nossa ilimitada surpresa. Estávamos a muitas centenas de milhas de qualquer terra; mas a presença de um homem ali denotava que não era, na realidade, tão distante como supúnhamos. Presos, entretanto, por gelo, era impossível seguir sua trilha, que tínhamos observado com a máxima atenção.

Mais ou menos duas horas depois dessa ocorrência, ouvimos o mar bramir, e antes do anoitecer o gelo quebrou-se e libertou nosso navio. Nós, entretanto, lá ficamos até amanhecer, temendo encontrar no escuro aquelas enormes massas que flutuam depois da quebra de gelo. Descansei algumas horas.

De manhã, assim que clareou, fui ao convés e encontrei todos os marinheiros concentrados em um lado do navio, aparentemente falando com alguém no mar. Era na verdade um trenó, como aquele que vimos antes, que havia derivado em nossa direção à noite, sobre um grande fragmento de gelo. Somente um dos cães permanecia vivo; mas lá estava um ser humano, a quem os marinheiros tentavam persuadir a entrar no navio. Não era, como o outro viajante parecia ser, um habitante selvagem de alguma ilha não descoberta, mas um europeu. Quando apareci no convés, o mestre disse:

– Aqui está nosso capitão: ele não permitirá que você morra em mar aberto.

Ao ver-me, o estranho dirigiu-se a mim em inglês, embora tivesse um sotaque estrangeiro:

– Antes que eu suba a bordo, tenha a gentileza de informar--me: para onde estão indo?

Qual não foi minha surpresa ao ouvir tal pergunta de um homem à beira da morte e para quem, eu supunha, meu navio seria a salvação que ele não trocaria pela mais preciosa riqueza que a terra pudesse oferecer.

– Estamos empreendendo uma viagem de exploração em direção ao Polo Norte – respondi.

Então ele pareceu satisfeito e consentiu em vir a bordo. Seus membros estavam praticamente congelados e seu corpo terrivelmente emaciado pela fadiga e pelo sofrimento. Jamais eu encontrara alguém em condição tão desgraçada. Carregamo-lo para a cabine, mas, assim que deixou o ar fresco, desmaiou. Levamo-lo de volta ao convés e esfregamos seu corpo com conhaque, forçando-o a tomar uma pequena quantidade. Assim que mostrou sinais de vida, enrolamo-lo em cobertores e o colocamos perto da chaminé do fogão. Aos poucos ele se recuperou e tomou um pouco de sopa, o que lhe fez muito bem.

Dois dias se passaram antes que ele pudesse falar outra vez; e, várias vezes, tive medo de que seus sofrimentos o tivessem privado da razão. Eu o removi para minha cabine e cuidei dele tanto quanto meus deveres no barco permitiam. Nunca havia visto uma criatura tão interessante: seus olhos tinham uma expressão selvagem, quando não de loucura; no entanto, havia momentos em que, se alguém lhe fazia alguma gentileza, toda a sua expressão se iluminava com um raio de benevolência e doçura inigualáveis. Mas geralmente ele estava melancólico e desesperado e, algumas vezes, rangia os dentes, como se estivesse impaciente com o peso da angústia que o oprimia.

Quando meu paciente já estava um pouco melhor, tive trabalho em afastar meus homens, que queriam fazer-lhe mil perguntas; eu não queria deixar que o atormentassem com sua curiosidade. Uma vez, entretanto, um deles lhe perguntou:

– Por que veio tão longe, sobre o gelo?

– Para perseguir alguém que escapa de mim – respondeu, com uma expressão da mais profunda melancolia.

– E essa pessoa que foge de você viaja da mesma maneira?

– Sim.

– Então imagino que o vimos; pois, no dia anterior ao em que o encontramos, vimos cães puxando um trenó com um homem.

Isso chamou-lhe a atenção. Fez inúmeras perguntas a respeito da rota que o demônio, como ele dizia, tinha tomado. Depois, quando ficou sozinho comigo, comentou:

– Sem dúvida excitei a sua curiosidade, como também a dos seus homens; mas você tem bastante consideração em não fazer perguntas.

– Certamente – respondi. – Seria, de fato, muito impertinente e desumano perturbá-lo com minha curiosidade.

– Ainda assim você me salvou de uma situação estranha e perigosa; você me devolveu à vida. – Alguns segundos depois, continuou: – Você acha que, quando o gelou quebrou, o outro trenó foi destruído?

– Não posso ter certeza – respondi. – O gelo só se quebrou por perto da meia-noite e ele pode ter chegado a algum lugar seguro antes disso.

A partir daí seu espírito animou-se. Manifestou grande ansiedade em ir ao convés, mas eu o persuadi a ficar na cabine, pois ele ainda estava muito fraco para suportar o clima lá fora. Prometi-lhe que alguém ficaria observando e que lhe dariam notícias se vissem alguma coisa.

Aos poucos ele está melhorando. Sempre muito silencioso, fica pouco à vontade se alguém entra na cabine a não ser que seja eu. Seus modos são tão conciliadores e gentis que toda a tripulação se interessa por ele, apesar da pouca comunicação. Cada vez mais simpatizo com ele. Deve ter sido uma nobre criatura em dias melhores, já que, mesmo agora, na desgraça, é tão atraente e amigável.

13 de agosto

Minha afeição por meu hóspede aumenta a cada dia. Ele provoca, ao mesmo tempo, admiração e compaixão. Como pode uma pessoa assim destruída pela desgraça ser tão gentil? Ele também tem muita sabedoria; sua mente é cultivada e, quando fala, suas palavras fluem com rapidez e eloquência.

Ele agora se recupera bem de sua doença; fica sempre no convés, aparentemente procurando o trenó que passou por nós antes dele. Embora bastante preocupado com seus próprios problemas, ainda assim se interessa muito pelos projetos dos outros. Conversa comigo sobre meus planos e, por causa de sua simpatia, abri completamente meu coração. Enquanto eu falava, uma sombra espalhou-se pelo seu semblante e, tentando suprimir suas emoções, escondeu os olhos com as mãos; mas pude ver as lágrimas por entre seus dedos e, começando com um gemido, murmurou:

– Infeliz! Você também é louco como eu? Você também tomou sua porção de veneno? Ouça, deixe-me contar minha história, e você então afastará esse cálice dos seus lábios!

Tais palavras, é claro, aguçaram ainda mais minha curiosidade. Mas em vez de começar a falar de si, fez com que eu contasse minha própria história, o que fiz rapidamente. Disse-lhe também da minha necessidade de encontrar um amigo, ao que ele respondeu:

– Sim, concordo que um homem está incompleto se não tem um amigo que o ajude a aperfeiçoar sua natureza fraca e imperfeita. Também já tive um amigo, a mais nobre das criaturas. Você tem esperança e o mundo à sua frente; não tem motivo para se desesperar. Mas eu, eu perdi tudo e não posso recomeçar a vida.

Tendo dito isso, seu rosto anuviou-se com uma calma tristeza e ele retirou-se para sua cabine.

19 de agosto

– Você pode facilmente perceber, Capitão Walton, que eu sofri desgraças sem par. Eu havia decidido que a memória desses males iria morrer comigo; mas você fez com que eu mudasse de ideia. Você procura o conhecimento e a sabedoria, como uma vez já procurei; e espero que a gratificação de seus desejos não se torne uma serpente que o envenene, como aconteceu comigo. Não sei se o

relato do meu desastre lhe será útil; ainda assim, quando penso que você está seguindo o mesmo caminho, expondo-se aos mesmos perigos que me derrotaram, imagino que poderá tirar algum proveito de minha história; alguma coisa que possa orientá-lo se for bem-sucedido e consolá-lo se falhar. Eu poderia temer que não acreditasse em mim ou me ridicularizasse, pois o que vai ouvir são ocorrências consideradas impossíveis.

– Estou ansioso para ouvir sua narrativa – respondi. – E tenho um forte desejo de poder aliviar suas aflições, se estiver em meu poder fazer isto.

– Agradeço-lhe por sua simpatia, mas é inútil; minha vida está chegando ao fim. Só espero por um acontecimento e então repousarei em paz. Você está enganado, meu amigo, porque nada pode alterar meu destino: ouça minha história e então entenderá o quanto irrevogavelmente já está determinada.

Estranha e cruciante sua história; ainda agora, que começo a escrevê-la tentando me recordar das suas próprias palavras, a voz dessa criatura melancólica e adorável ecoa nos meus ouvidos.

Capítulo I
A família Frankenstein

Nasci em Genebra e faço parte de uma família eminente daquela república. Meus ancestrais foram conselheiros ou senadores, e meu pai serviu a várias instituições públicas com honra e reputação. Era respeitado, por todos os que o conheceram, por sua integridade e incansável dedicação aos negócios públicos. Algumas circunstâncias impediram-no de casar-se cedo e não foi antes do declínio de sua vida que isso aconteceu e ele tornou-se um pai de família.

Minha mãe era filha de um amigo seu, a princípio um rico comerciante que, por diversos infortúnios, perdera tudo e, não suportando continuar na cidade onde havia gozado de tão alto posição, mudou-se para Lucerna, após ter pago suas dívidas. Ali passou a viver, completamente desconhecido e na miséria. Meu pai, que por ele nutria a mais sincera amizade, procurou-o durante dez meses até encontrá-lo, em situação desesperadora. Seu amigo, tendo procurado em vão um emprego naquela cidade, havia caído enfermo, três meses após sua mudança...

Sua filha cuidava dele com muita ternura. O pouco dinheiro que tinham estava acabando e não havia outra perspectiva de sustento, mas Caroline possuía muita coragem para ampará-la quando em necessidade. Conseguira um trabalho simples, trançando palha, e assim obtinha o mínimo necessário para garantir-lhes a sobrevivência.

Quando meu pai os descobriu, seu amigo estava agonizando. Morreu pouco depois, deixando a filha órfã e absolutamente miserável. Ele tornou-se, então, o protetor de Caroline, levando-a para Genebra e colocando-a sob os cuidados de um parente. Dois anos depois, casaram-se.

Havia uma considerável diferença entre as idades de meus pais, mas isso parecia uni-los ainda mais. Meu pai amava minha mãe verdadeiramente e tentava recompensá-la por todas as tristezas que havia suportado. Tendo renunciado gradualmente às funções públicas, fez com ela uma viagem à Itália, onde nasci. Permaneci por muitos anos seu único filho e assim acompanhei-os em suas viagens pela Alemanha e pela França. Minhas primeiras lembranças são os carinhos ternos de minha mãe e o sorriso benevolente de meu pai ao olhar para mim.

Minha mãe desejava muito ter uma filha. Quando eu tinha mais ou menos cinco anos, meus pais passaram uma semana nas praias do Lago de Como. Era costume de minha mãe visitar os pobres; lembrando o que havia sofrido, isso era para ela mais que um dever; era uma necessidade, uma paixão. Em um de seus passeios, nessa viagem, um casebre chamou-lhe a atenção por ser especialmente desamparado: algumas crianças semivestidas mostravam uma pobreza da pior espécie. Um dia, quando meu pai estava em Milão, minha mãe e eu visitamos essa moradia. Lá encontramos um camponês e sua mulher, curvados pelas preocupações e trabalho pesado, distribuindo uma refeição escassa para seus cinco filhos famintos. Entre eles, uma menina atraiu a atenção de minha mãe. Era esbelta, e seus cabelos eram de um ouro brilhante. Sua frente era clara e ampla, seus olhos azuis límpidos e os lábios e a forma de seu rosto expressavam sensibilidade e doçura.

Quando meu pai voltou de Milão encontrou-me brincando com a pequena menina que irradiava beleza. Com sua permissão, minha mãe persuadiu os camponeses a deixar a menina com ela. Seria injusto conservá-la na pobreza, quando o destino lhe havia proporcionado tão poderosa proteção. O resultado foi que Elizabeth Lavenza tornou-se uma nova habitante de nossa casa – minha mais que irmã, a bela e adorada companheira de todas as minhas ocupações e diversões.

Todos amavam Elizabeth. Na noite anterior à que ela foi levada para minha casa, minha mãe havia dito, brincando:

– Tenho um lindo presente para o meu Vítor. Amanhã ele o terá.

Na manhã seguinte, ao apresentar-me Elizabeth como seu presente prometido, eu, com infantil seriedade, interpretei suas palavras literalmente, e considerei Elizabeth como minha – minha para proteger, amar e cuidar. Nós nos chamávamos de primos. Mas nenhuma palavra, nenhuma expressão poderia exprimir o tipo de sentimento que eu tinha por ela – mais que irmã, desde então até a morte, ela era para ser somente minha.

Capítulo II

O mistério da vida

Fomos criados juntos. Não havia mais que um ano de diferença entre nós. Jamais discutíamos ou brigávamos e nossos contrastes só serviam para nos unir ainda mais. Elizabeth era mais calma e concentrada que eu; e, enquanto se deliciava com a paisagem suíça em torno de nós, enquanto contemplava com um espírito sério e satisfeito a magnificência das aparências das coisas, eu me deleitava na investigação das suas causas. O mundo era, para mim, um segredo que eu desejava desvendar.

Com o seu segundo filho, sete anos mais jovem que eu, meus pais interromperam definitivamente suas viagens e fixaram residência em Genebra. Tínhamos também uma casa de campo em Belrive, a leste do lago, muito perto da cidade. Morávamos principalmente nesta e vivíamos bastante reclusos.

Era, portanto, parte do meu temperamento evitar aglomerações e ligar-me muito a poucas pessoas. Eu era indiferente aos meus colegas de classe em geral, mas uni-me na mais estreita amizade a um dentre eles, Henry Clerval. Era um menino de muito talento e imaginação. Amava aventuras e até perigo, pelo próprio prazer do risco. Compunha canções heroicas e começava a escrever contos de aventuras e encantamento. Tentava fazer-nos atuar em peças e participar de brincadeiras com máscaras.

Nenhum outro ser humano passou uma infância mais feliz que a minha. Meu temperamento às vezes era violento e minhas paixões veementes; mas, por alguma razão, eu não destinava essas minhas energias para propósitos infantis; mas para um forte desejo de aprender, e não para aprender qualquer coisa, indiscriminadamente; eu tinha ânsia em conhecer os segredos dos céus e da terra.

Enquanto isso, Clerval ocupava-se com, por assim dizer, a relação moral das coisas. As virtudes e as ações dos homens eram seu tema. Seu sonho era tornar-se um dos nomes registrados na História.

Elizabeth brilhava entre nós. Seu sorriso, sua voz suave, seu doce olhar ali estavam para nos animar.

Sinto um prazer raro ao lembrar-me da minha infância, antes que a infelicidade houvesse tocado a minha mente e transformado seus sonhos brilhantes em reflexões sombrias. Também me recordo dos acontecimentos que me levaram ao meu fim desgraçado. Pois quando me lembro do nascimento daquela paixão, que depois governou meu destino, encontro-a brotando, como um rio da montanha, de fontes quase esquecidas, mas, crescendo como cresceu, tornou-se a torrente que, em seu curso, varreu para sempre todas as minhas esperanças e alegrias.

A alquimia determinou meu destino. Aos treze anos, por um acaso, deparei com o primeiro livro sobre o assunto. Entusiasmado, comuniquei minha descoberta a meu pai.

– Ah! Meu querido Vítor, não perca seu tempo com esse livro! É considerado lixo!

Se meu pai tivesse se dado ao trabalho de me explicar que os princípios daquele autor já estavam totalmente ultrapassados e que havia um sistema moderno de ciência com poderes muito maiores que o antigo; se tivesse me dito que aqueles poderes eram fantásticos, eu certamente teria jogado aquele livro fora e teria contentado a minha imaginação retornando aos meus estudos anteriores. Mas o olhar superficial que meu pai tinha lançado ao livro não me assegurou, de maneira alguma, que ele realmente conhecesse seu conteúdo. Continuei a lê-lo avidamente.

Depois procurei outros trabalhos do mesmo autor e de autores com ideias semelhantes. Antes, em meus estudos, sempre sentia-me descontente e insatisfeito. Parecia-me que os filósofos mais sábios sabiam pouco. Haviam desvendado a face da natureza, mas sua delineação imortal ainda era um mistério. Poderiam dissecar, anatomizar e dar nomes, mas não falar de uma causa final. Dizem que Isaac Newton declarou que se sentia como uma criança pegando conchinhas ao lado do grande e inexplorado oceano da verdade. Mas ali estavam livros de filósofos que haviam penetrado mais fundo e sabiam mais. Acreditei em tudo que diziam e tornei-me seu discípulo. Assim penetrei na procura da pedra filosofal e do elixir da vida, sendo que o último finalmente tomou toda a minha atenção. Se eu pudesse banir a doença da estrutura humana e tornar o homem invulnerável à morte!

Por volta dos meus quinze anos, estávamos em nossa casa perto de Belrive quando presenciamos a mais terrível tempestade. Permaneci, enquanto durou, observando seu progresso com curiosidade e prazer. De repente, vi uma corrente de fogo sair de um velho e belo carvalho que ficava perto de nossa casa; e assim que a luz desapareceu, também tinha desaparecido o carvalho e nada ali restou a não ser um toco destruído. Na manhã seguinte fomos até o local e encontramos a árvore despedaçada de uma maneira estranha. Não estava lascada pelo choque, mas inteiramente reduzida a finas tiras de madeira. Eu nunca tinha visto nada tão totalmente destruído. Antes disso eu não havia tido contato com as leis mais óbvias da eletricidade. Nessa ocasião, um grande estudioso de Ciências Naturais estava conosco e entrou em explicações sobre uma teoria que ele tinha formado sobre eletricidade e galvanismo. Então abandonei minhas atividades anteriores e dediquei-me à Matemática e aos ramos de estudo pertencentes a ela, uma vez que eram construídos sobre bases seguras. Parecia-me que nada seria ou jamais poderia ser sabido, já que os autores senhores da minha imaginação tinham sido lançados à sombra por aquele homem.

Assim, por tais ligações tênues, estamos fadados à prosperidade ou à ruína. Ao olhar para trás, parece-me que essa quase milagrosa mudança de interesse era uma sugestão do meu anjo da guarda – o último esforço para evitar a tempestade que, mesmo naquela época, já estava suspensa nas estrelas, pronta a envolver-me... Nesse tempo senti tranquilidade e alegria na alma, tendo abandonado aqueles estudos que me atormentavam.

Foi grande o esforço do espírito do bem; mas sem efeito. O destino era muito potente e suas leis imutáveis já tinham decretado minha profunda e terrível destruição.

Capítulo III

A partida para o saber

Quando fiz dezessete anos, meus pais resolveram que eu deveria estudar na Universidade de Ingolstadt, porque seria necessário, para minha educação, que eu conhecesse costumes diferentes dos de meu país. Mas, antes do dia marcado para minha partida, a primeira infelicidade da minha vida ocorreu.

Elizabeth contraíra escarlatina. Sua doença era séria e ela correu o mais alto risco. Tentaram persuadir minha mãe a não cuidar dela, mas, sabendo que a vida de sua filha corria perigo, não conseguiu mais controlar a sua ansiedade e postou-se ao lado da cama da menina; seus cuidados triunfaram sobre a enfermidade – Elizabeth salvou-se –, mas as consequências dessa imprudência foram fatais para minha mãe. Esta adoeceu. No seu leito de morte, juntou as mãos de Elizabeth e as minhas e murmurou:

– Meus filhos, minhas maiores esperanças de felicidade futura estavam colocadas em vocês. Esta expectativa agora será o consolo de seu pai. Elizabeth, meu amor, você tomará o meu lugar nesta casa. Ah! Sinto tanto ser levada para longe de vocês! Mas fui muito feliz e espero encontrá-los a todos em um outro mundo.

Nos primeiros dias era-me impossível acreditar que havia perdido um ser que eu amava tanto; e com o passar do tempo a verdadeira amargura da tristeza se instalou nos nossos corações. Mas chega o momento em que a tristeza é mais um pretexto que uma necessidade; minha mãe estava morta, mas tínhamos deveres que éramos obrigados a executar.

Minha partida para Ingolstadt, que havia sido adiada por aqueles acontecimentos, foi outra vez determinada. Elizabeth lutava para confortar-nos a todos. Assumiu suas atividades com coragem e esquecia sua própria tristeza para poder alegrar-nos com seu sorriso.

O dia de minha partida finalmente chegou. Clerval passou a última noite conosco. Havia tentado convencer seu pai a deixá-lo ir comigo, mas em vão. Ficamos conversando até tarde. Não conseguíamos a coragem necessária para dizer "até logo"! Ao amanhecer, quando desci para pegar a carruagem que me levaria embora, estavam todos lá: meu pai, Clerval, minha Elizabeth, meus irmãos menores. Joguei-me dentro do veículo e fiquei melancolicamente pensando que, pela primeira vez na vida, eu estava sozinho. Não tinha vontade de conhecer pessoas novas mas, ao mesmo tempo, desejava ardentemente estudar.

A viagem para Ingolstadt foi longa e cansativa. Quando cheguei, fui conduzido ao meu apartamento e descansei. Na manhã seguinte, enviei minhas cartas de apresentação e fiz uma visita a alguns dos professores principais. Por acaso, o primeiro, Sr. Krempe, era o professor de Ciências Naturais. Era um homem rude, mas profundamente imerso nos segredos de sua ciência.

Fez diversas perguntas a respeito dos meus progressos nos diferentes ramos das Ciências Naturais. Respondia descuidadamente e, com algum desprezo, mencionei os nomes dos meus alquimistas como os principais autores que tinha estudado.

– Você de fato gastou seu tempo estudando tamanho absurdo? – Olhou-me fixamente. – Cada minuto, cada instante que você gastou com aqueles livros está irremediavelmente perdido. Você sobrecarregou sua memória com sistemas desacreditados e nomes inúteis. Bom Deus! Em que deserto você morava, onde ninguém foi gentil o suficiente para informá-lo de que essas coisas que estudava têm mil anos de idade e são inúteis? Meu querido aluno, você precisa começar seus estudos desde o princípio!

Assim dizendo, escreveu uma lista de livros que queria que eu procurasse, e despediu-se.

Voltei para casa sem me sentir desapontado, pois há tempos eu já considerava aqueles autores inúteis. Mas também não me inclinava aos novos autores, que não me satisfaziam com suas respostas.

Assim, nos meus primeiros dias em Ingolstadt, tomei contato com as localidades e os principais residentes do lugar. Compareci também a uma palestra dada pelo outro professor de Ciências Naturais, cuja aparência e ar de benevolência me foram imediatamente simpáticos. Começou sua aula com a recapitulação da história da Química e os vários avanços feitos por diferentes homens do saber. Depois de nos fornecer um panorama sobre o presente estágio da ciência, concluiu com algo que nos impressionou muito:

– Os antigos professores desta ciência – disse ele – prometiam impossibilidades e não fizeram nada. Os mestres modernos prometem muito pouco. Sabem que os metais não podem ser transmutados e que o elixir da vida é um sonho. Mas eles têm feito milagres. Penetram nos recessos da natureza e mostram como ela trabalha em seus esconderijos. Sobem aos céus. Descobriram como o sangue circula e a natureza do ar que respiramos. Adquiriram poderes novos e quase ilimitados. Podem comandar o trovão, imitar o terremoto e até simular o mundo invisível com suas próprias sombras.

Outra vez vi-me atraído pelo desconhecido. Queria fazer muito mais do que já havia feito. Queria ser o pioneiro de um novo caminho, desvendar os mais profundos mistérios da criação.

No dia seguinte fui visitá-lo. Falei-lhe dos meus estudos anteriores, pelos quais ele não mostrou nenhum desprezo. Disse-me que o trabalho de homens de gênio jamais deixa de trazer alguma vantagem sólida para a humanidade. Pedi-lhe para aconselhar-me a respeito de livros que deveria estudar. Levou-me ao seu laboratório e explicou-me o uso de diversas máquinas, prometendo que eu poderia usá-las quando estivesse mais adiantado nos meus estudos.

Esse dia decidiu meu futuro destino.

Capítulo IV

O mistério é desvendado

A partir de então as Ciências Naturais e particularmente a Química tornaram-se minha única ocupação. Lia aqueles livros com ardor e assistia a todas as aulas. O Prof. Waldman – era este o seu nome – tornou-se um verdadeiro amigo. De mil maneiras facilitou, para mim, os estudos. Eu ganhava força e logo tornei-me tão ardente e ansioso por conhecimentos que, frequentemente, o dia amanhecia enquanto eu ainda estava trabalhando em meu laboratório.

Dois anos passaram-se dessa maneira. Não fui nenhuma vez a Genebra; estava ocupado, de corpo e alma, na pesquisa de algumas descobertas que desejava fazer. Consegui desenvolver melhorias em alguns instrumentos de química, o que me proporcionou grande estima e admiração na universidade. Quando cheguei a esse ponto, tendo me tornado bem familiarizado com a teoria e prática das Ciências Naturais, minha permanência em Ingolstadt não era mais necessária; pensei em retornar para meus amigos e minha cidade natal, quando um incidente retardou minha partida.

Um dos fenômenos que, em especial, tinha atraído minha atenção era o da estrutura do corpo humano; na verdade, de qualquer animal. Sempre me perguntava se o princípio da vida tinha continuidade. Então apliquei-me mais especificamente àqueles ramos das Ciências Naturais que se relacionam com a Fisiologia. Dediquei-me à Anatomia e examinei a causa e o progresso da decadência e, portanto, da morte do corpo humano. Passava dias e noites envolvido com minhas observações e pesquisas quando, do meio da escuridão uma súbita luz brilhou – tão radiosa e incrível e, no entanto, tão simples, que, embora estonteado com o tamanho da probabilidade que se abria, fiquei surpreso que, entre tantos homens de gênio que haviam dirigido seus estudos no mesmo sentido, tenha sido somente eu o escolhido para descobrir um segredo tão maravilhoso.

Depois de dias de trabalho e cansaço extremos, consegui descobrir a causa da geração e da vida. Aliás, mais que isso: tornei-me, eu mesmo, capaz de dar vida à matéria inanimada.

Sei que todos esperariam ser informados desse segredo. Mas não pode ser. Quando eu chegar ao fim da minha história, será fácil perceber por que jamais revelarei essa descoberta; é por demais perigosa a aquisição de conhecimentos, e o homem que acredita que sua cidade natal é o mundo inteiro é muito mais feliz que aquele que aspira tornar-se maior do que sua natureza permite.

Hesitei por um longo tempo em relação à maneira com que eu iria aplicar meu poder. Para preparar uma estrutura à qual eu fosse dar vida, com todas as suas fibras intrincadas, músculos e veias, teria de haver um trabalho de inconcebível dificuldade. No começo não sabia se iria tentar a criação de um ser como eu, ou de um animal com uma organização mais simples. Mas a minha imaginação estava por demais exaltada para permitir que eu duvidasse da minha habilidade de dar vida a uma criatura tão complexa e maravilhosa como o homem. Preparei-me para todo tipo de contratempos e dificuldades, mas acreditava que teria sucesso. Foi com essa disposição que iniciei a criação de um ser humano. Como as proporções diminutas de certas partes e órgãos seriam um obstáculo para mim, resolvi que o ser teria uma estatura gigantesca, dois metros e meio de altura. Depois de ter determinado seu tamanho e tendo gasto alguns meses coletando e organizando os materiais, comecei.

Trabalhei com incansável ardor. Meu rosto tornou-se pálido de tanto estudo, e meu corpo emaciado pelo confinamento. Algumas vezes, à beira da certeza, eu falhava. Ainda assim, agarrava-me à esperança de que no dia seguinte ou na próxima hora conseguiria. Num quarto solitário, no alto da casa, separado dos outros apartamentos por um corredor e uma escada, eu tinha a minha oficina de terrível criação.

Assim passaram os meses de verão, enquanto eu me entregava, de corpo e alma, ao meu projeto. Esqueci-me dos meus parentes e amigos, a quem eu não via há tanto tempo. Sabia que meu silêncio os deixava inquietos, e lembrava-me das palavras de meu pai:

"Sei que enquanto você estiver satisfeito consigo, irá pensar em nós com afeição e nos mandará notícia regularmente. Penso que qualquer interrupção em sua correspondência seja uma prova de que você também está negligenciando seus outros deveres".

Entretanto, eu desejava, por assim dizer, adiar tudo o que estivesse relacionado aos meus sentimentos de afeto até que o grande objeto estivesse terminado. Hoje em dia estou convencido de que um ser humano deveria sempre preservar sua mente serena e em paz, nunca permitindo que uma paixão ou um desejo passageiro perturbe sua tranquilidade. Se algo que você faz, mesmo sendo um estudo, enfraquece seus afetos e destrói seu gosto pelos prazeres simples onde nada de mal pode haver, então essa sua atividade não é boa, não convém à mente humana.

Mas meu pai não me repreendia em suas cartas; somente perguntava com mais insistência sobre minhas atividades. O inverno, a primavera e um novo verão passaram, e eu continuava trabalhando, sem ao menos olhar para as folhas que brotavam e os botões que floresciam. Meu entusiasmo era reprimido pela minha ansiedade, e eu parecia mais alguém condenado à escravidão do que um artista ocupado com sua obra favorita. Todas as noites eu tinha uma febre baixa e tornava-me extremamente nervoso. Uma folha que caísse de uma árvore me assustava e eu evitava as pessoas como se fosse culpado de um crime. Somente a energia de meu propósito me sustentava e eu acreditava que, assim que minha criação estivesse completa, exercício físico e divertimentos iriam afastar qualquer doença que eu tivesse adquirido.

Capítulo V

Nasce o monstro

Era uma hora da madrugada de uma lúgubre noite de novembro quando terminei meu trabalho. A chuva batia contra a vidraça e minha vela estava se extinguindo; minha ansiedade chegava à agonia no instante em que vi os baços olhos amarelos da criatura se abrirem. Respirava pesadamente e um movimento convulsivo agitava seus membros.

Como posso descrever as minhas emoções diante dessa catástrofe, desse desgraçado que, com tanto cuidado e esforço, eu tinha me empenhado em formar? Seus membros eram proporcionados e eu tinha selecionado seus traços para serem belos. Belos! Meu Deus! Sua pele amarela mal cobria a trama de músculos e artérias abaixo; seu cabelo era negro, lustroso, ondulado; seus dentes brancos perolados. Mas tudo isso somente formava um contraste mais horrível com seus olhos aguados, que pareciam quase da mesma cor que as órbitas brancas pardacentas nas quais estavam colocados, com sua pele enrugada e lábios negros retos.

Eu havia trabalhado por quase dois anos, com o único propósito de dar vida a um corpo inanimado. Para isso, me privei de descanso e saúde. Mas, ao terminar, a beleza do sonho desaparecera e horror e desgosto encheram meu coração. Incapaz de enfrentar o aspecto do ser que eu tinha criado, corri para fora do laboratório e fiquei por um longo tempo andando pelo meu quarto, sem conseguir acalmar minha mente para poder dormir.

Quando, finalmente, peguei no sono, não consegui descansar. Tive sonhos horríveis, em que a minha linda Elizabeth tomava a cor dos mortos e transformava-se em minha mãe. Acordei sobressaltado, com um suor frio na testa, os dentes batendo, até que, à luz da lua, vi o monstro olhando fixamente para mim, em pé ao lado da minha cama. Seus maxilares abriram-se e ele articulou alguns sons incompreensíveis, com a face arreganhada em um estranho sorriso. Uma das suas mãos estava esticada, aparentemente querendo segurar-me, mas eu escapei e fugi pelas escadas. Escondi-me no quintal da casa onde morava, andando de um lado para o outro em grande agitação, escutando atentamente cada ruído que por acaso anunciasse a aproximação do cadáver demoníaco a que eu tinha, tão desgraçadamente, dado vida.

Ah! Nenhum mortal poderia suportar o horror daquela fisionomia. Uma múmia que vivesse outra vez não seria tão medonha quanto aquele infeliz. Eu o tinha observado quando ainda inacabado. Era feio; mas quando aqueles músculos e articulações tornaram-se capazes de movimento, ficou tão medonho que nem mesmo Dante poderia tê-lo concebido.

Alternando agitação extrema com langor e fraqueza, passei a noite aterrorizado e sentindo a amargura do desapontamento. Os sonhos, que tinham sido meu alimento e meu descanso, eram agora o meu inferno.

Ao amanhecer saí para as ruas, percorrendo-as rapidamente, fugindo do monstro que eu temia encontrar ao virar cada esquina. Já não sabia onde estava ou o que fazia. Meu coração batia ao compasso do medo, até que cheguei em frente a uma estalagem onde várias diligências e carruagens normalmente estacionavam. Ali fiquei, sem saber por quê, e permaneci alguns minutos olhando para um coche que vinha em minha direção. Observei que era uma diligência suíça. Quando ela parou, vi Henry Clerval saltar de dentro, exclamando:

– Meu querido Frankenstein, como estou contente em vê-lo! Que sorte você estar aqui justamente no momento em que chego!

Nada poderia me dar tamanho prazer. Apertei sua mão e, por um momento, esqueci meu terror e minha desgraça. Senti, pela primeira vez em muitos meses, uma alegria serena.

Andamos em direção à universidade. Clerval falava de nossos amigos comuns e de sua permissão em vir para Ingolstadt. Perguntei-lhe de meu pai, meus irmãos e Elizabeth.

– Estão muito bem, embora um pouco preocupados por saberem tão pouco de você. Mas, querido amigo – continuou ele, parando e olhando meu rosto de frente –, não comentei ainda quão doente você parece estar. Tão magro e pálido, parece que não dorme há várias noites.

– Você adivinhou; estive tão ocupado que não pude ter descanso suficiente. Mas espero que tudo tenha terminado agora e que eu esteja livre finalmente.

Eu tremia demais; não conseguia nem pensar, quanto mais comentar o que havia acontecido na noite anterior. Logo chegamos à faculdade e então pensei, com um calafrio, que a criatura que eu tinha deixado em meu apartamento ainda poderia estar lá, viva. Eu temia encontrar o monstro, mas tinha mais medo ainda que Henry o visse. Pedindo-lhe que aguardasse uns minutos, subi até meu quarto; abri a porta com força, como as crianças costumam fazer quando acham que vão encontrar algum fantasma esperando por elas do outro lado, mas nada aconteceu. O apartamento estava vazio e ninguém no meu quarto. Com grande alívio, fui buscar Clerval. Tomamos o café da manhã. Não era só alegria o que me possuiu; não conseguia ficar parado num mesmo lugar, batia palmas e ria às gargalhadas. A princípio Clerval achou que eu estava contente pela sua chegada, mas ao observar-me mais atentamente viu uma espécie de loucura nos meus olhos que o assustou.

– Vítor – gritou –, pelo amor de Deus, qual é o problema? Não ria dessa maneira. Você está muito doente! Qual a causa de tudo isto?

– Não me pergunte – respondi, pondo minhas mãos na frente dos olhos, pois pensei ver o monstro entrar na sala. – **Ele** pode dizer. Salve-me! – Imaginei que a criatura me agarrava. Lutei com ela furiosamente e caí com um ataque.

Não recuperei meus sentidos por um longo, longo tempo. Esse foi o começo de uma febre nervosa que me confinou por vários meses. Henry foi meu único enfermeiro. Considerando a idade de meu pai e a sensibilidade de Elizabeth, poupou-lhes essa tristeza, escondendo deles a extensão do meu distúrbio.

Eu estava, na realidade, extremamente doente. A forma do monstro estava sempre diante dos meus olhos e eu delirava incessantemente. A princípio Henry achou que minhas palavras era devaneios de uma mente perturbada, mas, com o passar do tempo, a persistência com que eu recorria ao mesmo assunto persuadiram-no de que meu distúrbio devia sua origem a algum acontecimento incomum e terrível.

Aos poucos, com frequentes recaídas, me recuperei. Conseguia ter prazer ao observar a natureza – era primavera –, sentia a alegria e a afeição reviverem no meu peito. Agradeci a Henry, do fundo do meu coração, ter salvo a minha vida com os seus cuidados.

– A minha recompensa é você ficar bem – disse o meu bom amigo. – E desde que você parece tão disposto, posso falar sobre um determinado assunto?

Tremi. Um assunto! Iria ele tocar em um assunto no qual eu não ousava nem pensar?

Mas, percebendo minha palidez, somente pediu-me que escrevesse à minha família, de meu próprio punho. Concordei, com prazer, e ele então entregou-me uma carta da tão querida Elizabeth, que ali estava há dias, aguardando a minha disposição para lê-la.

Capítulo VI

Frankenstein se recupera

"Meu querido Vítor,

Você tem estado muito doente e mesmo a correspondência assídua de Henry não é suficiente para deixar-me segura a seu respeito. Aguardo ansiosa que o correio traga alguma linha escrita por você; tenho conseguido persuadir seu pai a conter-se de ir a Ingolstadt, uma vez que está muito idoso para enfrentar as inconveniências de uma longa viagem. Sinto também não poder ir vê-lo; mas, agora, Clerval conta-nos que você está melhorando de fato e que em breve irá confirmar isto escrevendo-nos.

Estamos todos bem, gozando de perfeita saúde. Seu irmão Ernest está agora com dezesseis anos, cheio de atividade e espírito. Deseja alistar-se no serviço militar no estrangeiro, mas não queremos mais esta separação, pelo menos não antes que você retorne para junto de nós. Pouca coisa mudou, desde que você nos deixou. Você se lembra de quando Justine Moritz entrou para a nossa família? Provavelmente não. A mãe dela era viúva com quatro filhos, dos quais Justine era a terceira. Depois da morte do pai, Justine, uma pessoa de moral e modos refinados, veio morar conosco.

Aprendeu os deveres de uma empregada, condição que, em nosso país, não inclui a ideia de ignorância ou o sacrifício da dignidade.

Justine, como talvez você se lembre, era muito querida por você. Parecia sempre sincera e feliz. Sua mãe gostava também muito dela e resolveu dar-lhe uma boa educação. Justine sempre foi muito grata por isso. Quando sua mãe morreu, nós todos ficamos muito ocupados com a própria tristeza para prestarmos atenção em Justine. Ela mesma, que estivera sempre cuidando de sua mãe, por ocasião da morte da patroa e benfeitora, estava também muito doente. E outros dissabores ainda a aguardavam.

A mãe de Justine havia perdido todos os filhos, um a um, com exceção de Justine. Tinha a consciência muito pesada, achando que as mortes de seus filhos eram um castigo dos céus por ter consentido em se separar de Justine. Assim, alguns meses depois que você partiu, Justine foi chamada de volta por sua mãe. Arrasada pela tristeza, Justine não foi feliz ao lado de sua mãe. Pessoa ignorante e supersticiosa, ela oscilava entre o arrependimento por ter desprezado a filha quando criança, e a raiva por achá-la responsável pela morte dos irmãos. Finalmente, consumida pela culpa que acreditava imperdoável, a pobre mulher adoeceu e veio a falecer, no princípio de inverno. Justine voltou a morar conosco e, além de muito inteligente e gentil, está extremamente bonita.

Quero também falar um pouco de seu irmãozinho, William. Gostaria que você o visse! Está alto para a idade, com seus doces olhos azuis, cílios escuros e cabelos encaracolados. Quando sorri, duas covinhas aparecem em cada bochecha, que são rosadas de saúde.

Bem, agora termino minha carta. Escreva, querido Vítor; uma linha, uma palavra será uma bênção para nós. Dez mil agradecimentos a Henry pelo seu afeto e por suas cartas. Até logo, meu querido. Tome cuidado e, eu lhe suplico, escreva!

Elizabeth Lavenza
Genebra, 18 de março de 17..."

Imediatamente respondi a essa carta, embora tal esforço ainda me fatigasse bastante. Mas minha convalescença continuava e, em quinze dias, pude deixar o quarto.

Uma das minhas primeiras obrigações era apresentar Henry aos professores da universidade. Desde a noite fatal, eu tinha desenvolvido uma antipatia violenta até pelo nome "Ciências Naturais". A simples visão de um instrumento de química renovava toda a agonia de meus sintomas nervosos. Henry, tendo observado isto, guardou todos os instrumentos e fez modificações no meu apartamento, vendo que eu tinha aversão à sala que fora meu laboratório. Na visita aos professores, Henry ficou surpreso ao perceber meu sofrimento enquanto ouvia os elogios de Waldman ao meu surpreendente progresso em ciências, e aos comentários de Krempe sobre os meus primeiros estudos através dos antigos alquimistas. Mas não tentava arrancar de mim o meu segredo.

Resolvi ingressar nos mesmos estudos de Clerval. Ele havia optado pelas línguas orientais. Assim passou o verão, o outono e o inverno, até que minha volta a Genebra foi fixada para o início da primavera.

O mês de maio já chegara quando Henry propôs um passeio a pé pelas redondezas de Ingolstadt. Aceitei com prazer; gostava de exercício e Clerval tinha sempre sido minha companhia preferida para esse tipo de programa.

Passamos uma quinzena nessas perambulações. Sentia-me a mesma criatura alegre que, alguns anos atrás, amava e era amado por todos, não tendo nenhuma tristeza ou preocupação. A primavera é, de fato, divina. Dava-me as mais deliciosas sensações.

Voltamos para nossa faculdade numa tarde de domingo. Os camponeses dançavam, e todos que encontrávamos pareciam alegres e felizes.

Capítulo VII

O pequeno William

Ao retornar, encontrei a seguinte carta de meu pai:

"Meu querido Vítor,

Sei que você está esperando impaciente por uma carta que fixe a data de sua volta. Eu poderia simplesmente escrever algumas poucas linhas, dizendo o dia. Mas seria uma delicadeza cruel, pois você teria a expectativa de uma recepção feliz quando, ao contrário, agora só podemos recebê-lo com lágrimas. Quero prepará-lo para as piores notícias, mas sei que é impossível. Sua longa ausência não o tornou invulnerável às nossas tristezas.

William está morto! Aquela criança doce, tão gentil e tão alegre! Vítor, ele foi assassinado!

Não tentarei consolá-lo; irei simplesmente contar as circunstâncias de tal tragédia.

Na última quinta-feira (7 de maio), eu, Elizabeth e seus dois irmãos fomos andar nos arredores. A tarde estava quente e fomos mais longe do que de costume. Começou a escurecer antes que pensássemos em voltar e então descobrimos que William e Ernest, que tinham se adiantado, não estavam à vista. Sentamo-nos para esperá-los. Logo Ernest apareceu e perguntou se tínhamos visto seu irmão. Contou que estavam brincando e que William havia corrido para se esconder; procurou-o, sem encontrá-lo, e depois esperou por ele bastante tempo.

Assustados, procuramos William até que a noite tivesse caído totalmente e, então, fomos para casa pensando que talvez ele já lá estivesse. Mas não. Voltamos outra vez, com tochas, imaginando-o perdido. Elizabeth também estava extremamente angustiada. Pelas cinco da madrugada encontrei meu menino, estirado na relva, lívido e imóvel. A marca dos dedos do assassino estava no seu pescoço.

Elizabeth desmaiou ao vê-lo. Ao voltar a si, chorava e soluçava:

'– Oh, Deus! Matei minha querida criança!'.

Contou que na mesma tarde William havia insistido que ela o deixasse usar uma miniatura muito valiosa que ganhara de minha esposa. Esta joia desapareceu e sem dúvida foi a tentação que levou o assassino ao crime. Não temos ainda nenhuma pista de quem seja, mas, mesmo quando o encontrarmos, não trará nosso William de volta!

Venha, querido Vítor. Somente você pode consolar Elizabeth. Chora continuamente e acusa a si mesma, injustamente, pela morte dele. Venha, não alimentando pensamentos de vingança contra o assassino, mas com sentimentos de paz que irão curar as feridas de nossas mentes.

Seu pai afetuoso e angustiado,

Alphonse Frankenstein
Genebra, 12 de maio de 17..."

Saí imediatamente com Henry para providenciar os cavalos para a viagem. Clerval falava em vão palavras de consolo. Assim que os cavalos chegaram, entrei no cabriolé e despedi-me de meu amigo.

A minha viagem foi muito melancólica. Mal podia suportar a multidão de sentimentos que povoavam minha mente. Passei por paisagens familiares à minha infância. Como tudo se alterara durante aquele tempo! O medo apoderou-se de mim. Não queria prosseguir. Permaneci dois dias em Lausanne. Contemplava o lago. Tudo era calmo e as montanhas nevadas não haviam mudado. Aos poucos tranquilizei-me e segui minha viagem para Genebra. Quando me aproximava de casa, a tristeza e o medo outra vez me dominaram. Mas, mesmo imaginando que muita infelicidade me aguardava, não concebi a centésima parte da angústia a que eu estava destinado!

Estava escuro quando cheguei aos arredores de Genebra e os portões da cidade já estavam fechados; fui obrigado a passar a noite em Secheron, um vilarejo perto de Genebra. Resolvi então visitar o local onde meu pobre William tinha sido assassinado. Atravessei o lago de barco; ao chegar à margem, vi que se aproximava rapidamente uma tempestade. Enquanto caminhava a chuva começou, com muitos trovões e relâmpagos, iluminando a paisagem para depois lançá-la na mais tenebrosa escuridão. De repente, percebi uma figura que aparecia de trás de um grupo de árvores. O clarão de um raio iluminou-a e mostrou totalmente sua forma para mim. Sua estatura gigantesca e a deformidade de seu aspecto, medonho, instantaneamente informou-me que era aquele desgraçado, aquele demônio a quem eu tinha dado vida. O que faria ele ali? Poderia ser ele o assassino de meu irmão? Tremi ao pensar nisso, mas, assim que essa ideia cruzou minha mente, fiquei convencido de que sim, essa era a verdade! Meus dentes batiam e tive que encostar-me a uma árvore. A figura passou por mim rapidamente e desapareceu na escuridão. Nenhum ser humano poderia ter destruído aquela criança adorável. **Ele** era o assassino! Eu não duvidava disso. Pensei em persegui-lo mas teria sido em vão, porque um outro clarão mostrou que ele já alcançava o topo de uma colina próxima e desaparecia do outro lado.

Dois anos já haviam passado desde a noite em que ele recebera vida. Seria esse seu primeiro crime? Ninguém é capaz de imaginar a angústia que sofri pelo resto da noite, com frio e molhado, ao ar livre. Minha cabeça estava repleta de cenas de maldade e desespero. Pensava naquele ser que eu havia colocado entre os humanos, e dotado de vontade e poder para efetuar atos de horror como aquele.

Ao amanhecer dirigi-me à cidade. Apressei-me para a casa de meu pai. Meu primeiro impulso era o de revelar o que eu sabia do assassino e provocar a sua perseguição. Mas refleti sobre a história que teria que contar: um ser que eu mesmo havia construído e dotado de vida. Lembrei-me também da

febre nervosa que eu tinha tido, que daria um ar de delírio a essa história que, de qualquer maneira, era tão improvável. Eu sabia que, se qualquer outra pessoa tivesse me contado tal coisa, eu consideraria tudo um desvario de loucura. E, mesmo que decidissem procurá-lo, quem poderia prender uma criatura capaz de escalar as encostas escarpadas do Monte Saleve? Decidi ficar quieto.

Cheguei à casa de meu pai e fui para a biblioteca esperar a hora de a família acordar. O primeiro a aparecer foi Ernest. Deu-me as boas-vindas.

– Ah! Gostaria que você tivesse vindo antes, quando nos encontraria a todos felizes! – ele exclamou. – Neste momento, você chega para dividir uma tristeza que nada pode aliviar. Mas, quem sabe, você pode ajudar Elizabeth, que se atormenta com suas autoacusações. Ela, mais que todos, necessita de consolo. Acha que causou a morte de nosso irmão. Mas desde que o assassino foi descoberto...

– O assassino foi descoberto! – interrompi. – Como isso pode ser? Quem tentaria capturá-lo? É impossível; seria o mesmo que tentar prender o vento, ou reter um rio com um canudo. Eu também o vi; estava livre ontem à noite!

– Não estou entendendo você – replicou meu irmão – Mas para nós essa descoberta completou a tragédia. Ninguém acreditou, a princípio. E até agora Elizabeth não está convencida. De fato, quem acreditaria que Justine Moritz, que era tão amiga e gostava tanto da família, poderia se tornar capaz de um crime pavoroso?

– Justine! Pobre, pobre moça, está sendo acusada? Mas não está certo. Todos sabem, ninguém acredita, não é, Ernest?

– No início ninguém acreditava, mas os fatos acabaram nos forçando a acreditar. Ela será julgada hoje.

Contou que, na manhã seguinte ao assassinato de William, Justine havia caído doente e que ficara de cama por vários dias. Uma das empregadas, tendo examinado, por acaso, a roupa que ela tinha vestido na noite do assassinato, achou em seu bolso a miniatura que havia sido considerada a causa do crime. A joia foi levada ao magistrado e Justine foi presa. Ao ser acusada do fato, confirmou a suspeita, em grande parte por causa de suas maneiras extremamente confusas.

– Vocês estão todos enganados – repliquei desesperado. – Conheço o assassino. Justine é inocente.

Nesse momento meu pai entrou. Vi a infelicidade profundamente impressa em seu rosto. Depois de nos cumprimentarmos, eu teria mudado de assunto, mas Ernest exclamou:

– Bom Deus, papai! Vítor diz que sabe quem foi o assassino do pobre William! Garante que Justine é inocente.

– Se realmente for, que Deus proíba que sofra como culpada. Vai ser julgada hoje e espero, sinceramente, que seja absolvida.

A tranquilidade de meu pai contagiou-me. Eu tinha certeza de que nenhuma prova que a condenasse poderia ser apresentada. Mas minha história não podia ser contada publicamente. Iria ser considerada como sintoma de loucura. Ninguém acreditaria na existência de tal ser vivo que eu tivesse deixado solto no mundo.

Logo Elizabeth juntou-se a nós. O tempo a havia modificado. Estava adorável, linda. Tinha ainda a mesma candura, a mesma vivacidade, mas aliadas a uma expressão mais repleta de sensibilidade e cultura. Recebeu-me com muito carinho.

– A sua chegada me traz esperança. Talvez você encontre um meio de livrar a pobre Justine. Nossa infelicidade foi duplicada. Não somente perdemos nosso menino, como também essa pobre moça, a quem amo sinceramente, será tirada de nós. Se ela for condenada, jamais sentirei alegria outra vez...

Assegurei-lhe que Justine era inocente.

– Todos acreditam em sua culpa – continuou Elizabeth, chorando –, mas eu sei que isso é impossível; ver todos contra ela deixou-me sem esperanças.

Capítulo VIII
O julgamento

O julgamento começou às onze horas. Meu pai e o resto da família compareceram como testemunhas. Foi, para mim, uma tortura. Estava para ser decidido se o resultado de minha curiosidade, o meu absurdo invento, seria o causador da morte de dois entes queridos: uma criança pura e feliz e uma moça de mérito que, além de morrer, sofreria ainda a infâmia.

Justine estava calma, vestida de luto e extremamente bela. Parecia confiante na inocência e não tremia, embora observada e execrada por uma multidão. Quando entrou na corte, passou os olhos pela sala, viu onde estávamos sentados e não pôde conter uma lágrima.

O julgamento começou. Depois que foi lida a acusação, várias testemunhas foram chamadas. Fatos estranhos combinavam-se contra ela. Havia estado fora a noite toda em que o assassinato fora cometido e de manhã havia sido notada por uma mulher no mercado, não longe do local onde se encontrara o corpo da criança. A mulher perguntou-lhe o que fazia lá, mas ela estava estranha e deu somente uma resposta confusa e ininteligível. Voltou para casa pelas oito da manhã e quando lhe perguntaram onde passara a noite, respondera que estava procurando o menino. Quando viu o corpo, teve uma crise histérica e caiu de cama por vários dias. A joia foi apresentada e Elizabeth confirmou que era a mesma que havia colocado no pescoço da criança.

Justine foi chamada para apresentar sua defesa. Seu rosto, alterado, expressava surpresa, horror e angústia.

– Deus sabe – disse ela, lutando contra as lágrimas – o quanto sou inocente.

Então contou que passara a tarde na casa de uma tia num vilarejo perto de Genebra. Ao voltar, um homem perguntou-lhe se havia visto o menino. Ficou alarmada com o desaparecimento da criança e passou várias horas procurando-o, até que os portões de Genebra foram fechados. Foi então forçada a ficar em um celeiro; só conseguiu dormir por alguns minutos. Ao amanhecer, voltou para Genebra. Que ela estivesse confusa quando a mulher do mercado lhe fez a pergunta era natural, uma vez que havia passado uma noite praticamente sem dormir e o paradeiro de William ainda era incerto. A respeito da joia, não tinha nada a dizer.

– Sei o quanto isso pesa contra mim. Posso imaginar que tenha sido colocada no meu bolso para me incriminar; mas não tenho nenhum inimigo. Além de não ter havido nenhuma oportunidade de o assassino tê-la posto ali, também não consigo explicar por que ele teria cometido o assassinato se não fosse pelo objeto precioso. Entrego meu caso à Justiça. Nada mais tenho a dizer.

Elizabeth pediu a palavra:

– Sou como uma irmã da criança assassinada, pois fui educada por seus pais e sempre vivi naquela casa, desde muito antes de William nascer. Pode parecer estranho que eu interceda a favor da acusada. Mas conheço o seu caráter. Morou conosco primeiramente durante cinco anos, e depois mais dois. Sempre se mostrou uma criatura bondosa. Sempre foi amada por nossa família e era muito ligada à criança que agora está morta, agindo em relação a ela como se fosse sua mãe. Quando a mim, não hesito em dizer que acredito em sua inocência.

Mas o testemunho de Elizabeth só trouxe aprovação a seu favor, pela sua generosidade; o público ficou ainda mais indignado com Justine, acusando-a da mais negra ingratidão. Eu não conseguia suportar o horror da situação, quando percebi que a voz popular e a fisionomia do júri indicavam que a tinham condenado.

Na manhã seguinte fui à corte; disseram-me também que Justine havia confessado sua culpa. Isso era muito estranho. Teriam meus olhos me enganado? Estaria louco? Voltei para casa e contei a Elizabeth.

– Como poderei outra vez acreditar na bondade humana? – gritou ela. – Justine, a quem eu amava como minha irmã, foi capaz de um crime tão hediondo?

Logo depois Justine pediu para vê-la. Fui com Elizabeth. Entramos na prisão e encontramos Justine sentada sobre um pouco de palha no fundo de uma cela. Ao ver-nos, jogou-se aos pés de minha amiga, chorando amargamente.

– Confessei uma mentira – disse, entre soluços – esperando conseguir absolvição. Meu confessor afligiu-me com perguntas e ameaças, até que quase comecei a achar que era o monstro que ele dizia que eu era. Ameaçou-me com a excomunhão e o fogo do inferno, se eu não confessasse. O que eu poderia fazer? Não resisti e numa hora má consenti em tal mentira.

– Ah, Justine! – Elizabeth falou, abraçando-a. – Vou conseguir provar a sua inocência. Você não morrerá na forca! Não, eu conseguirei derreter os corações de pedra de seus inimigos com minhas lágrimas e minhas orações!

Durante essa conversa eu tinha me afastado para um canto, onde podia esconder a terrível angústia que se apoderara de mim. A pobre vítima passaria pela fronteira da vida e da morte na manhã seguinte; mas decerto não sentia a agonia que eu sentia. Eu era o verdadeiro assassino, sentia o verme da consciência roendo meu coração.

Ficamos muitas horas ao lado de Justine. Ao partirmos, Justine abraçou Elizabeth e disse:

– Não tenho mais medo de morrer. Deixo um mundo triste e amargo. Que os céus a protejam e a abençoem, minha irmã. Que esta seja a última desgraça que você sofra na sua vida. Viva, seja feliz e faça os outros felizes.

Na manhã seguinte Justine foi morta.

Capítulo IX
A família em luto

Nada é mais doloroso para a mente humana do que, após uma rápida sucessão de acontecimentos, a calma da inação que se segue e que priva a alma tanto da esperança como do medo. Depois da morte de Justine, um peso de desespero e remorso oprimia meu coração; não conseguia dormir e vagava como um espírito mau, pois tinha cometido atos horríveis, embora minha alma ainda transbordasse de bondade e amor à virtude. Havia começado a minha vida com boas intenções e ansiava pelo momento em que pudesse colocá-las em prática e tornar-me útil para meus semelhantes. Mas agora estava tudo arruinado; só sentia arrependimento e culpa. Tudo isso afetou minha saúde; toda e qualquer alegria era uma tortura para mim. A solidão era meu único consolo – profunda, escura, mórbida solidão.

Meu pai, observando a mudança na minha disposição e nos meus hábitos, tentava inspirar-me força e coragem para dispersar a nuvem negra que pairava sobre mim:

– Você acha, Vítor – dizia ele –, que eu também não sofro? Ninguém amava mais o seu irmãozinho do que eu... Mas é o dever de quem sobrevive evitar aumentar a sua infelicidade com uma aparência de tristeza infinita! A tristeza excessiva impede o desenvolvimento ou o prazer, e até mesmo o desempenho das tarefas diárias, sem o que o homem não se adapta à sociedade.

Mas esses conselhos não melhoravam nada. A amargura e o terror estavam dentro de mim, e a única coisa que eu conseguia fazer era me esconder dos outros.

Por essa época mudamos para nossa casa em Belrive. Isso foi muito agradável para mim. Frequentemente, depois que a família se recolhia para dormir, eu pegava o barco e passava muitas horas no lago. Com as velas içadas, era levado pelo vento e, às vezes, depois de remar até o meio do lago, deixava que o barco seguisse seu próprio curso, enquanto entregava-me às reflexões. Nesses momentos eu chorava amargamente e desejava muito sentir paz outra vez. Mas o remorso matava qualquer esperança, e vivia em constante medo de que o monstro que eu havia criado executasse novas perversidades. Quando eu pensava nele, tremia e desejava ardentemente acabar com aquela vida que eu tinha, impensadamente, concedido; meu ódio e desejo de vingança explodiam.

A nossa casa era a casa do luto. A saúde do meu pai estava profundamente abalada pelos últimos acontecimentos. Elizabeth estava triste e desanimada; não tinha mais prazer com suas ocupações habituais. Não era mais aquela criatura feliz que, anos atrás, caminhava comigo à beira do lago e falava com entusiasmo de nossos projetos para o futuro. Seus sorrisos haviam se apagado.

– Quando eu penso, meu querido – disse-me ela certa vez –, na morte de Justine, não consigo mais ver o mundo como via antes, achando que as histórias de maldade e injustiças eram contos imaginários. Às vezes, os homens me parecem monstros, sedentos do sangue uns dos outros. Mas devo estar sendo injusta. Todos acreditam que Justine era culpada e, se de fato tivesse cometido tal crime hediondo, teria sido a mais depravada das criaturas: por causa de uma joia, matar o filho de seu benfeitor e amigo, a criança de quem tinha cuidado desde o nascimento! Realmente não mereceria viver na sociedade dos homens. Meu Deus! Quando a falsidade tem a mesma aparência da verdade, sinto-me caminhando à beira de um precipício, ameaçada de ser atirada no abismo. Mas se Justine era inocente e foi condenada à morte, o assassino de William está livre e impune! – E, olhando para mim continuou: – Mas você precisa se acalmar, meu amigo, porque sinto que está mais perturbado do que eu. Há no seu rosto uma expressão de desespero, de vingança, que me assusta. Afaste essas paixões negras, querido Vítor. Lembre-se dos amigos em torno de você. Enquanto nos amarmos e formos verdadeiros um com o outro, nada poderá perturbar nossa paz.

Mas nem a ternura da amizade, nem a beleza da terra e do céu podiam afugentar o demônio que espreitava em meu coração. Às vezes, eu conseguia suportar o desespero; mas outras, só através do exercício físico e da mudança de ambiente conseguia algum alívio para minhas sensações intoleráveis. Foi durante um desses acessos que saí de casa e dirigi meus passos para os vales alpinos, lá procurando esquecer meus tormentos. Fiz a primeira parte de meu passeio a cavalo. Depois aluguei uma mula, mais firme e menos sujeita a ferimentos naqueles caminhos escarpados. A morte de Justine completava dois meses. O peso em meu espírito diminuía sensivelmente enquanto eu adentrava a ravina. As montanhas e os precipícios imensos, o som do rio entre as pedras, o esplendor das cachoeiras, tudo falava de um poder onipotente – e eu parava de temer qualquer ser inferior àquele que criou e que governava o mundo, ali exibido em seu aspecto mais formidável. Era uma paisagem de beleza singular. Eu seguia cada vez mais para cima, até que não vi mais os castelos em ruínas nem os campos férteis; imensas geleiras cercavam o caminho. Mont Blanc, o supremo e magnífico Mont Blanc sobrepujava o vale. Finalmente, cheguei ao vilarejo de Chamonix. Por algum tempo ainda fiquei olhando pela janela, no meu quarto de estalagem, mas a fadiga, tanto do corpo quanto da mente, fizeram com que eu dormisse profundamente.

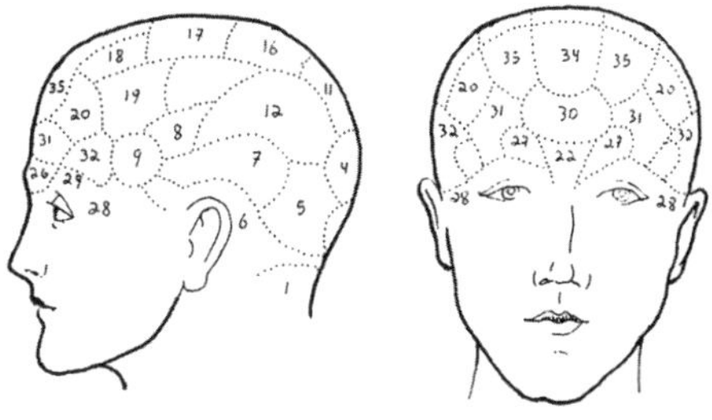

Capítulo X

O encontro

Passei o dia seguinte perambulando pelo vale. A natureza sublime e magnífica, embora não removesse minha tristeza, tranquilizava-me. À noite, com a mente distraída dos pensamentos que haviam me obcecado nos últimos meses, consegui descansar.

Mas amanheceu chovendo, os picos das montanhas encobertos pela neblina e minha melancolia de volta. Mesmo assim resolvi subir ao cume de Montanvert.

Lembrava-me do efeito que a visão de sua geleira teve sobre mim a primeira vez que a vi. A natureza majestosa e terrível sempre tinha o efeito de me fazer esquecer as preocupações passageiras da vida.

A subida é íngrime. Em milhares de locais veem-se os traços das avalanches, onde as árvores aparecem quebradas ou totalmente destruídas. Há um lugar particularmente perigoso onde o menor ruído, mesmo o som da voz humana, produz um abalo no ar que provoca a mais destruidora das avalanches.

Era quase meio-dia quando cheguei ao fim da subida. Fiquei sentado, por algum tempo, numa pedra em cima daquele mar de neve. A bruma cobria tanto aquela como as montanhas circundantes. Uma brisa dissipou a nuvem e eu desci para a geleira. A superfície é muito irregular, subindo como as ondas de um mar agitado, descendo, entrecortada por penhascos. Passei quase duas horas atravessando esse campo de gelo. A montanha do outro lado é uma rocha perpendicular, nua. Fiquei numa reentrância, admirando a estupenda paisagem. Sentia algo parecido com a alegria e exclamei:

– Espíritos errantes, se de fato vagueiam e não descansam em seus estreitos leitos, permitam-me esta tênue felicidade ou levem-me, como seu companheiro, para longe das alegrias da vida.

Ao dizer isto, subitamente percebi a figura de um homem, a alguma distância, avançando em minha direção a uma velocidade sobre-humana. Saltava por sobre as fendas do gelo, entre as quais eu tinha andado com cuidado. Sua altura também sobrepujava a de um homem. Fiquei perturbado. Senti que iria desmaiar, mas isso não aconteceu. Então, visão tremenda e horrível, reconheci o monstro que havia criado. Tremendo de ódio e horror, resolvi esperar sua aproximação e então enfrentá-lo em combate mortal. Ele aproximou-se. Seu rosto mostrava amarga angústia misturada a desdém e maldade, enquanto a sua feiura sinistra era quase insuportável aos olhos humanos. Gritei, cheio de ódio e desespero:

– Demônio, como ousa aproximar de mim? Não tem medo de minha vingança? Afaste-se, inseto vil! Ou melhor, fique, para que eu possa reduzi-lo a cinzas! Ah, se eu pudesse, com a extinção de sua existência miserável, ter de volta aquelas vítimas que você assassinou tão diabolicamente!

– Todos os homens detestam os miseráveis – respondeu o demônio. – Mas você, meu criador, detesta e rejeita a mim, sua criatura, a quem está ligado por laços que serão desfeitos somente através da aniquilação de um de nós. Você quer matar-me. Como ousa brincar assim com a vida? Faça sua obrigação em relação a mim e eu cumprirei a minha para com você e o resto da humanidade. Se concordar com as minhas condições, deixarei você e os outros seres humanos em paz, mas, se recusar, irei me fartar de mortes, até que esteja saciado pelo sangue do que resta dos seus amigos.

– Monstro detestável! Venha, que vou apagar a chama de vida que lhe dei!

E pulei sobre a criatura, que se desviou com facilidade e disse:

– Acalme-se! Peço que me escute. Será que já não sofri o bastante, para que você queira aumentar minha infelicidade?

A vida, embora seja só um acúmulo de angústias, ainda é preciosa para mim e irei defendê-la. Lembre-se, você me fez mais forte do que você mesmo. Mas não me oporei a você. Sou sua criatura e serei até manso e dócil ante meu amo e senhor, se também você fizer a sua parte, que me deve. Ah, Frankenstein, não me maltrate como os outros têm feito. Lembre-se, eu seria o seu Adão, mas me tornei o anjo caído, a quem você negou a alegria. Por todo o lado eu vejo a felicidade, que me é negada. Eu era bom, mas a desgraça fez de mim um demônio. Torne-me feliz e eu serei outra vez virtuoso.

O monstro ficou em silêncio, por alguns segundos, olhando-me fixamente. Então continuou:

– Como poderei comovê-lo? Imploro sua bondade e compaixão. Acredite. Frankenstein, minha alma brilhava de amor e humanidade. Você, meu criador, tem horror a mim. Que esperança posso ter em relação aos outros, que nada têm a ver comigo? Rejeitam-me e odeiam-me. As montanhas desertas e as geleiras são meu refúgio. Moro aqui. Como poderia não odiar os homens, que só desejam a minha destruição? Mas está ao seu alcance recompensar-me e salvar as pessoas da minha ira. Não me despreze. Escute a minha história. Você acusa-me de assassinato e, no entanto, você mesmo quer destruir sua própria criação. Escute-me e então, se puder e quiser, destrua o trabalho de suas próprias mãos.

– Por que insiste em me lembrar de que sou a miserável origem e autor de tais fatos? – gritei. – Maldito seja o dia em que você viu a luz pela primeira vez! Você me desgraçou! Vá embora! Poupe-me a visão de sua forma detestável!

– Escute minha história. É longa e estranha. Venha comigo até uma cabana e, antes que o sol se ponha, já terei terminado e você poderá decidir. Depende de você eu me afastar da vizinhança dos homens e levar uma vida inofensiva, ou me tornar um castigo para seus semelhantes e o autor de sua própria ruína.

Deixei-me conduzir através do gelo. Resolvi ao menos escutá-lo. Em parte sentia curiosidade, em parte pena. Até

agora supunha que ele fora o assassino de meu irmão e esperava uma confirmação ou negação da parte dele. Pela primeira vez, também, sentia as obrigações do criador para com sua criatura, e que deveria torná-lo feliz antes de reclamar de sua maldade. Fazia frio e chovia. Chegamos à cabana e, sentando-me perto do fogo que meu odioso companheiro havia acendido, comecei a ouvir sua história.

Capítulo XI

Aprendendo a viver

É com muita dificuldade que consigo me lembrar do princípio de minha vida. Lembro-me de ter fugido do laboratório. Eu via, sentia, ouvia e cheirava ao mesmo tempo e demorou muito antes que conseguisse distinguir as diversas funções dos meus sentidos. Vi que a luz tornava-se cada vez mais opressiva e sentia muito calor; procurei um lugar onde pudesse ter sombra. Foi numa floresta perto de Ingosltadt; ali descansei até que me senti atormentado pela fome e pela sede. Comi algumas amoras, bebi água de um riacho e voltei a dormir.

Já estava escuro quando acordei; senti frio e fiquei meio amedrontado. Ao sair do seu apartamento, já estava coberto com algumas roupas, mas à noite elas eram insuficientes. Eu não sabia nem podia distinguir nada; era um pobre desgraçado, indefeso; sentindo a dor invadir-me por todos os lados, sentei-me e chorei.

Logo uma luz suave apareceu no céu e me deu uma sensação de prazer. Levantei-me e vi uma forma radiosa dentre as copas das árvores. Iluminava meu caminho e então pude procurar amoras outra vez. Achei um capote largado embaixo de uma árvore. Abriguei-me. Nenhuma ideia nítida cruzava minha mente. Tudo era confuso. Diversos sons entravam nos meus ouvidos e vários aromas nas minhas narinas.

Muitos dias e noites se passaram; eu já começara a distinguir minhas sensações. Enxergava nitidamente as árvores e o córrego. Fiquei encantado ao descobrir que aquele som agradável que eu ouvia frequentemente vinha das gargantas dos pequenos animaizinhos de asas que ficavam nas árvores. Algumas vezes tentava imitar as suas canções, mas não conseguia. Os sons inarticulados que saíam de mim davam-me medo e eu ficava quieto outra vez.

A lua desapareceu das noites e, depois, mostrou-se outra vez diminuída na sua forma; e eu ainda permanecia na floresta. Já percebia os insetos nas plantas e, aos poucos, diferenciava uma planta da outra.

Um dia, quando eu estava com muito frio, encontrei uma fogueira que havia sido deixada por alguns mendigos; fiquei deliciado com o calor que emanava. No meu entusiasmo, pus a mão nas chamas e soltei um grito de dor. "Que estranho" pensei, "que a mesma coisa possa produzir efeitos tão diferentes!" Observei que o fogo era composto de madeira. Peguei alguns galhos, mas estavam úmidos e não queimaram. Sentei-me, desapontado, refletindo sobre isso. A madeira que eu havia deixado ao lado da fogueira secou e inflamou-se. Fui pegar mais galhos e coloquei-os perto da fogueira, como os primeiros. Quando a noite chegou, eu já tinha madeira suficiente para alimentar a fogueira a noite toda.

No dia seguinte conservei o fogo aceso e descobri, com prazer, que esse elemento também era útil para a minha comida, porque achei alguns restos de carne que os mendigos haviam assado. Tentei assar as amoras, mas estragaram-se; no entanto, nozes e raízes melhoraram muito.

O alimento, entretanto, tornou-se escasso e eu passava o dia inteiro procurando, em vão, bolotas de carvalho para matar a fome. Resolvi deixar esse lugar e procurar outro, embora lamentasse a perda do fogo: eu não sabia como produzir outro. Passei três dias andando, até que cheguei ao campo aberto. Nevara durante a noite e eu sentia meus pés enregelados por aquela substância úmida e fria que cobria todo o chão.

Eram mais ou menos sete da manhã e eu precisava obter comida e abrigo. Por fim vi uma pequena cabana, numa colina, que obviamente tinha sido construída para a conveniência de algum pastor. Essa era uma visão nova para mim, e examinei a estrutura com muita curiosidade. Estando a porta aberta, entrei. Um velho sentava-se perto de uma fogueira e, ao ouvir o barulho, virou-se; ao ver-me, gritou e, saindo imediatamente da cabana, correu pelo campo numa velocidade de que não parecia capaz. Sua aparência e sua fuga surpreenderam-me. Mas eu estava encantado com a cabana: ali a chuva e a neve não penetravam; o chão estava seco. Devorei o café da manhã que o pastor estivera preparando, que consistia de pão, queijo, leite e vinho. Deste, entretanto, não gostei. Depois, dominado pelo cansaço, deitei sobre um monte de palha e adormeci.

Acordei ao meio-dia e recomecei minha viagem, tendo guardado o resto de comida numa sacola que encontrara. Caminhei pelos campos por muitas horas até que, ao pôr do sol, cheguei a um vilarejo. Que coisa milagrosa! As cabanas, os chalés e as casas me maravilharam. Os queijos colocados nas janelas abriram o meu apetite. Entrei em um desses chalés, mas mal tinha colocado meu pé porta adentro quando crianças berraram e uma mulher desmaiou. O vilarejo inteiro acudiu; alguns fugiam, outros atacavam-me, até que, machucado por pedras e outros projéteis, escapei para o campo e, amedrontado, me escondi num barraco, nu e miserável, em aparência, comparado aos palácios que eu havia visto no vilarejo. Esse barraco, no entanto, era ligado a um chalé de aparência arrumada e agradável em que, depois de minha experiência, não ousei entrar. Meu refúgio era feito de madeira, mas tão baixo que eu mal podia me sentar reto dentro dele. O chão era de terra seca e, embora o vento entrasse por inúmeras frestas, ainda era um abrigo contra a neve e a chuva.

Quando amanheceu, saí para observar o chalé e descobrir se poderia permanecer no esconderijo que havia encontrado. Ele era construído contra a parede do fundo do chalé, tendo de um dos lados chiqueiros e do outro um reservatório de água. Uma parte era aberta, por onde eu entrara, mas fechei-a com pedras e madeira para não ser percebido, de tal maneira que pudesse afastá-las quando quisesse sair. Forrei minha moradia com palha limpa e me recolhi, pois vi ao longe a figura de um homem. Eu já tinha pego do chalé um filão de pão e uma caneca, para poder beber mais facilmente a límpida água do tanque ao lado.

Decidi residir nessa choupana até que alguma coisa alterasse minha determinação. Comi com prazer e ia abrir minha porta para pegar água quando ouvi passos e, olhando por uma fresta, vi uma jovem passar por minha cabana. Estava vestida simplesmente e tinha o cabelo loiro trançado. Parecia triste. Voltou algum tempo depois, com um balde de leite. Quando voltava, um homem jovem veio ao seu encontro e tomou o balde da mão da moça. Entraram no chalé. Depois vi o rapaz outra vez, com algumas ferramentas na mão, cruzando o campo e a moça, sempre ocupada, ora em casa, ora no quintal.

A cabana, como já disse, se apoiava na parede de fundo do chalé. Nela havia uma janela que fora fechada com tábuas. Mas, por uma fresta mínima, eu podia enxergar uma pequena sala, muito limpa, com pouca mobília. Em um canto, perto da pequena lareira, sentava-se um velho, apoiando a cabeça nas mãos, numa atitude de desconsolo. A jovem arrumava a casa. O cabelo prateado do homem e a sua fisionomia bondosa ganharam o meu respeito, enquanto as maneiras gentis da moça provocaram meu amor. O homem pegou um instrumento e começou a produzir sons muito agradáveis e a moça sentou-se ao seu lado, com os olhos cheios d'água. Então começou a chorar e ele pronunciou uns poucos sons e a jovem ajoelhou-se. Ele fez com que ela levantasse e sorriu com tanto afeto que eu senti sensações de uma natureza poderosa e especial. Logo depois disso o jovem voltou, trazendo nos ombros um feixe de madeira. A moça pegou um pouco da lenha e colocou na lareira. Então ele mostrou-lhe um pedaço de pão e de queijo. Ela pareceu satisfeita, saiu para o jardim para pegar algumas raízes e plantas, que colocou na água e, depois, no fogo. Passado alguns minutos, sentaram-se para comer, o que levou pouco tempo, e ela voltou a trabalhar no chalé e o ancião andou um pouco no sol, apoiado no braço do jovem. O rapaz, com ferramentas diferentes das que havia usado de manhã, foi para o campo.

A noite chegou mas, para minha extrema surpresa, vi que eles tinham um meio de prolongar a luz com velas de cera, e fiquei deliciado ao ver que a escuridão da noite não interrompia o prazer que eu experimentava ao observar meus vizinhos humanos. À noite os jovens ocuparam-se com coisas que eu não pude entender. O velho pegou, outra vez, o objeto que produzia sons divinos e o jovem começou a pronunciar sons que eram monótonos, diferentes da harmonia do instrumento do velho e dos sons dos pássaros. Depois descobri que ele lia alto, mas na época eu não sabia nada da ciência das palavras e das letras.

Mais tarde apagaram a luz e se retiraram, eu suponho, para dormir.

Capítulo XII

Como são felizes!

Deitado na palha, eu não conseguia dormir. Pensava nos modos agradáveis daquelas pessoas, queria me juntar a elas, mas faltava-me coragem. Lembrava-me muito bem como tinha sido tratado pelos habitantes do vilarejo.

Os camponeses levantaram-se antes do sol. A moça arrumou o chalé e preparou uma refeição, depois do que o jovem saiu.

Esse dia foi como o anterior. O rapaz estava sempre ocupado fora de casa, e a moça dentro. O velho, que eu logo percebi ser cego, empregava seu tempo com o instrumento ou pensando. Os jovens demonstravam muito amor por ele.

Eles não eram completamente felizes. Constantemente os mais jovens choravam. Eu não via causa para a sua infelicidade; se tais criaturas adoráveis eram tão tristes, não era muito estranho que eu, um ser imperfeito e solitário, fosse tão infeliz. Por que seriam eles tão tristes? Tinham uma casa deliciosa (ou assim parecia a meus olhos); tinham fogo para aquecê-los e alimentos; estavam vestidos com roupas excelentes e, mais importante que tudo, desfrutavam da companhia uns dos outros.

Passou-se muito tempo até eu compreender que uma das causas do desassossego dessa família era a pobreza. Sua alimentação consistia inteiramente dos vegetais do seu jardim e do leite de uma vaca, que lhes dava muito pouco durante o inverno. Sofriam de fome com frequência, principalmente os dois jovens que, diversas vezes, davam a sua porção ao velho e não comiam nada.

Logo me ocorreu uma maneira de ajudá-los: durante a noite eu pegava suas ferramentas e juntava bastante lenha, deixando os feixes à frente do chalé. Lembro-me da primeira vez que fiz isso, e a jovem, ao abrir a porta de manhã, mostrando surpresa, falou alguma coisa em voz alta; o rapaz apareceu e também ficou assustado e, para o meu prazer, não foi para a floresta naquele dia; permaneceu consertando coisas na casa e cultivando o jardim.

Aos poucos fiz uma descoberta de grande valor. Percebi que essas pessoas tinham um método de comunicar suas experiências e sentimentos através de sons articulados. Deduzi que as palavras que falavam algumas vezes produziam prazer ou dor, sorrisos ou tristezas. Eu queria ardentemente conhecer esse sistema. Mas foi muito difícil. Eles falavam depressa e o que diziam não tinha nenhuma ligação aparente com objetos visíveis. Mas fui conseguindo aprender os nomes de coisas simples, como fogo, leite, pão e madeira, além do nome das pessoas. Cada um tinha diversos nomes, mas o velho só tinha um: Pai. A moça chamava-se Irmã ou Ágata ou Filha; o jovem era Félix, Irmão ou Filho. Depois senti muita alegria ao saber a ideia ligada a cada um destes nomes. Outras palavras mais difíceis de eu entender o significado eram "bom", "querido", "infeliz".

Passei assim o inverno. Quando eles estavam tristes, eu ficava deprimido. Quando estavam alegres, eu ficava feliz. Amavam-se muito. Félix sempre levava para sua irmã alguma pequena flor branca que brotasse da neve. Todos os dias, antes que ela se levantasse, ele tirava a neve que obstruía o caminho que ela tomaria até o estábulo, tirava água do poço e levava a lenha para dentro; nunca deixou de se surpreender de encontrar uma boa quantidade já cortada todas as manhãs. Acredito que, às vezes, trabalhava em alguma fazenda vizinha, pois ficava fora o dia inteiro. Outros dias trabalhava no jardim, mas, como havia pouco o que fazer ali por causa da geada, lia alto para Ágata e o pai.

Vagarosamente eu melhorava minha compreensão do que falavam. Queria muito me apresentar a eles, mas sabia que devia dominar a sua linguagem para ter alguma chance de que não prestassem muita atenção à minha figura deformada.

Eu já havia admirado as formas perfeitas de meus camponeses – sua graça, beleza e feições delicadas; quanto ficara horrorizado quando me vi refletido num lago! Primeiro recuei, incapaz de acreditar que era eu, de fato, quem estava ali refletido; mas quando me convenci de que na realidade sou um monstro, senti desespero. Ah! Eu não sabia ainda quais os efeitos fatais desta miserável deformidade.

Chegou a primavera. A família tinha a mesa mais farta, o pai saía para suas caminhadas quando não chovia. Minha vida era uniforme. Durante a manhã eu observava os camponeses em seus movimentos e, à tarde, quando se dispersavam em suas diversas ocupações, eu dormia. Depois que se retiravam para dormir, eu ia para o mato cortar lenha e conseguir a minha comida. Quando eu voltava, se necessário, tirava a neve do caminho ou outros serviços que tinha visto Félix fazer. Sempre ficavam atônitos com isso e, uma ou duas vezes, nessas ocasiões, escutei dizerem palavras como "bom espírito" ou "maravilhoso", mas não entendia o significado desses termos.

Eu considerava-os como seres superiores, que seriam responsáveis pelo meu futuro. Imaginava mil maneiras de apresentar-me a eles e sua reação de desgosto até que, através de meu comportamento gentil e palavras conciliadoras, conquistasse, a princípio, suas boas graças e, depois, seu amor.

Com essas ideias, apliquei-me muito no aprendizado da arte da linguagem. Meu espírito também estava elevado pela aparência encantadora da natureza. A primavera trazia de volta o canto dos pássaros e os brotos das árvores. O passado estava apagado na minha memória, o presente era tranquilo e o futuro brilhava com raios de esperança e antecipação de alegrias.

Capítulo XIII

Aprendendo a falar com Safie

Foi em um daqueles dias ensolarados que uma mudança significativa se deu na vida daquela família. Estavam descansando, o pai tocando violão e seus filhos escutando, quando alguém bateu à porta. Era uma moça a cavalo, acompanhada por um camponês que lhe servia de guia. Estava vestida de preto, com o rosto coberto por um véu. Ágata fez uma pergunta, ao que a visitante somente respondeu pronunciando, com sotaque, o nome de Félix. Ao ouvir seu nome, Félix foi rapidamente ao encontro da jovem que, ao vê-lo, levantou o véu: vi, então, suas feições de uma beleza angélica, seu cabelo negro e brilhante, trançado. Seus olhos também eram negros e a pele muito clara, com as faces adoravelmente coradas.

Félix pareceu arrebatado pela felicidade, ao vê-la. A moça estava afetada por sentimentos diversos; ao mesmo tempo que chorava, estendia sua mão para Félix, que beijou-a e, pelo que pude entender, chamou-a de "minha doce árabe". Ela não parecia compreendê-lo, mas sorriu. Ele ajudou-a a desmontar e conduziu-a para dentro de casa, despedindo o guia.

Logo percebi que, embora a jovem articulasse palavras, não era compreendida pelos camponeses e tampouco compreendia o que diziam. Fazia sinais com as mãos e muitos gestos. Ágata beijou as mãos da recém-chegada e, apontando para o irmão, fez gestos que pareciam querer dizer que ele estivera muito triste até ela chegar. Também observei, nas horas seguintes, que a estrangeira repetia palavras que ouvia deles, querendo apreender sua linguagem. Ensinaram-lhe algumas palavras e eu aproveitei para aprendê-las, também.

Seu nome era Safie. E, à noite, depois que ela e Ágata se retiraram, Félix ficou algum tempo conversando com o pai, a seu respeito, já que dizia seu nome várias vezes.

No dia seguinte Félix saiu para o seu trabalho. Depois que as tarefas habituais de Ágata terminaram, sentou-se ao lado de Safie e do pai. Safie tocou violão e cantou, de um modo maravilhoso.

Os dias agora passavam tão pacificamente quanto antes, mas a alegria havia tomado o lugar da tristeza. Safie estava sempre alegre. Ela e eu desenvolvíamos com rapidez o aprendizado da língua, de maneira que em dois meses eu comecei a entender a maioria das palavras usadas pelos meus protetores.

Eu nunca saía durante o dia e, agora que o verão chegara, as noites eram bem mais curtas; mas meus passeios noturnos eram, para mim, de extremo prazer.

Eu aprendia a língua mais rapidamente do que a jovem árabe: enquanto ela repetia as palavras com um sotaque estranho, eu conseguia pronunciar os sons de maneira idêntica à dos meus professores. Ainda aprendia a ciência das letras, pois também era ensinado à estrangeira. O livro que usavam para as aulas era *Ruínas dos impérios*, de um filósofo francês chamado Volney; através dele pude também aprender muito de História e adquirir uma visão geral dos vários impérios existentes no mundo atual. Deu-me noções dos costumes, governos e religiões das diferentes nações da Terra. Essas narrações maravilhosas inspiraram estranhos sentimentos em mim. Então o homem, de fato, era poderoso, bom e generoso ao mesmo tempo que tão egoísta e mau? Por um longo tempo eu não pude entender como um ser humano pode matar seu próximo, ou mesmo por que teriam de haver leis e governos; mas quando soube detalhes da imoralidade e da violência, senti desgosto e repugnância.

Enquanto escutava as aulas de Félix, aprendi sobre o estranho sistema da sociedade humana. Ouvi sobre a divisão da propriedade, sobre riquezas imensas e extrema pobreza, sobre classes, estirpe e nobreza. Aprendi que as qualidades mais valiosas são alta estirpe unida à riqueza; um homem pode ser considerado se tiver uma das duas coisas, mas, se nenhuma, é tratado como vagabundo ou escravo. E o que seria eu? Da minha criação e do meu criador eu não sabia nada e não tinha nenhum dinheiro, nenhum amigo e nenhuma espécie de propriedade; além disso, tenho uma figura horrivelmente deformada e repugnante. Nem sou da mesma natureza que os outros homens: sou mais ágil e posso subsistir com uma alimentação inferior; consigo suportar os extremos de calor e frio com menos prejuízo ao meu corpo; minha altura é muito maior. Seria, portanto, um monstro, de quem todos fugiam e a quem todos rejeitavam?

Não posso descrever a agonia que estas reflexões me infligiram. A tristeza era enorme. Desejava livrar-me de todo o sentimento, das reflexões e do que havia conhecido a respeito de mim mesmo. Mas sabia que não era possível. Admirava a virtude e os bons sentimentos, amava as maneiras gentis e amigáveis daqueles camponeses, mas estava excluído do relacionamento com eles.

Outras ligações também impressionaram-me muito: a diferença dos sexos e o nascimento e crescimento dos filhos; sobre irmãos e irmãs e todos os vários relacionamentos que ligavam um ser humano ao outro. Mas onde estavam meus amigos e parentes? Nenhum pai havia acompanhado meus primeiros dias, nenhuma mãe havia me abençoado com sorrisos e carinhos ou, se haviam, toda a minha vida passada estava apagada da memória. O que seria eu?

Capítulo XIV

Félix e Safie

Um dia eu soube a história de meus amigos (pois assim eu, inocentemente enganando a mim mesmo, gostava de chamá-los). O nome do homem de idade era De Lacey. Era francês. Félix havia servido ao exército de seu país e Ágata havia sido educada entre pessoas da mais alta distinção. Pouco antes de minha chegada tinham vivido em uma cidade grande e luxuosa chamada Paris, rodeados de amigos, desfrutando todos os prazeres que a virtude, o refinamento do intelecto e do gosto e uma pequena fortuna podiam proporcionar.

O pai de Safie tinha sido a causa de sua ruína. Era um comerciante turco que morava em Paris já havia alguns anos quando, por algum motivo que não compreendi, foi perseguido e preso. Safia havia chegado de Constantinopla para encontrar seu pai na ocasião em que ele foi julgado e condenado à morte. Mas essa sentença não era justa e Paris inteira ficou indignada. Félix decidiu salvá-lo e foi informá-lo, na prisão, de suas intenções. Ali conheceu Safie. O turco logo percebeu o quanto Safie o havia impressionado e prometeu-lhe que a filha com ele se casaria se conseguisse libertá-lo.

Nos dias seguintes, durante as preparações para a fuga do comerciante, Félix recebeu várias cartas de Safie, escritas com a ajuda de um amigo que conhecia as duas línguas. Agradecia com todo o fervor sua ajuda. Também dizia que, para ela, o casamento com ele seria muito importante, pois não teria que ficar presa entre os muros de um harém, seu destino certo. A mãe de Safie era cristã e através dela a moça recebera influências tais que a impediam de aceitar certos costumes de seu país.

Assim, na noite anterior à execução do turco, este fugiu da prisão com a ajuda de Félix, que conduziu-o e à filha através da França; havia providenciado passaportes para seu próprio pai, para Ágata e para si mesmo. Seu pai e sua irmã fizeram as malas, a pretexto de uma viagem, e esconderam-se em algum lugar obscuro de Paris. Assim o comerciante poderia passar para alguma parte dos domínios turcos e Safie se uniria a Félix.

Mas o turco tinha outros planos. Não lhe agradava que sua filha se casasse com um cristão. Deixou que os dois se vissem enquanto esperava uma oportunidade de voltar à Turquia, pois estavam na Itália e ainda estava sob o poder de Félix.

Seus planos foram facilitados pelas notícias que chegaram da França. O governo francês estava furioso com a fuga de sua vítima e, tendo descoberto a trama de Félix, prendeu seu pai e Ágata. Félix voltou para a França, combinando que Safie o esperaria em um convento em Livorno caso seu pai conseguisse escapar antes de ele retornar à Itália.

Ágata e De Lacey ficaram presos por cinco meses e, depois de julgados, perderam todos os seus bens e foram condenados ao exílio perpétuo. Foi assim que foram morar num casebre na Alemanha, onde os encontrei. Félix fora traído pelo pai de Safie, que a deixara em Livorno, sob os cuidados de um criado de confiança, com as ordens expressas: assim que ela tivesse em mãos o restante de sua fortuna, que ainda não havia chegado a Livorno, voltasse a Constantinopla. Mas a moça ficou sabendo do destino de Félix e de sua família, tendo-lhe caído nas mãos alguns papéis endereçados a seu pai. Decidiu ir para a Alemanha. Conseguiu uma acompanhante que conhecia a sua língua e partiu. Apesar de sua viagem demorar muito mais tempo do que havia previsto, finalmente chegou a salvo na moradia de seu amado.

Capítulo XV

"Posso ser seu amigo?"

Ao fazer o relato do progresso dos meus conhecimentos, não posso deixar de comentar o incidente que se deu no início de agosto no mesmo ano.

Uma noite, durante minhas andanças habituais na mata vizinha, onde eu conseguia o meu alimento e lenha para meus amigos, encontrei uma maleta de couro contendo diversas roupas e alguns livros. Levei-a comigo para meu abrigo. Os livros constituíram-se um tesouro para mim. Agora eu continuamente estudava e exercitava minha mente com suas histórias, enquanto meus amigos estavam ocupados em suas atividades habituais. A leitura produziu em mim uma infinidade de imagens e sentimentos novos que, às vezes, me levavam ao êxtase e, outras, a um abatimento profundo. Entretanto, muito do que lia eu tentava aplicar a mim mesmo, a meus próprios sentimentos e condição. Achava-me semelhante e, ao mesmo tempo, estranhamente diferente dos seres sobre os quais eu lia: compartilhava seus sentimentos e ideias, entendia-os e, no entanto, ao contrário deles, não dependia de ninguém e não estava relacionado com ninguém. De onde eu teria vindo? Qual seria meu destino?

As leituras também elevaram-me acima de minha própria esfera de reflexões: aprendia a admirar e amar os heróis de épocas passadas. Senti grande ardor pela virtude e horror à maldade.

Outro fato importante foi que, algum tempo depois da minha chegada a esse local, descobri, no bolso da roupa que eu havia pego em seu laboratório, algumas páginas dobradas. Como não era capaz de decifrar aqueles sinais, deixei-as de lado. Mas agora, além dos livros, estudei aqueles manuscritos com atenção. Era um diário, escrito por você, durante os quatro meses que precederam minha criação. Você descreveu cada passo no processo de seu trabalho, além de ocorrências domésticas. Ali você contava cada detalhe da minha odiosa pessoa. Passei mal ao ler. "Maldito o dia em que recebi vida!" – exclamei indignado. "Maldito criador! Por que construiu um monstro tão medonho que até você fugiu de mim com aversão? Deus criou o homem à sua imagem e semelhança, belo e fascinante, mas a minha forma é horrível. Além disso, não tenho semelhantes; até o demônio tem a companhia dos seus camaradas, mas eu sou solitário e abominado."

Por outro lado eu me convencia de que, quando os meus amigos me conhecessem e soubessem da minha admiração por eles, teriam pena de mim e não ligariam para minha deformidade. Resolvi não desesperar e, de todas as maneiras, preparar-me para um primeiro encontro com eles, que decidiria o meu futuro. Adiei por mais alguns meses a minha apresentação pois, além de ter muito medo do fracasso, queria desenvolver ao máximo os meus conhecimentos.

Enquanto isso, várias mudanças aconteceram no cotidiano do chalé. A presença de Safie trouxe a felicidade para dentro de casa. Todos passavam mais tempo conversando e se divertindo e eram ajudados por empregados. Não pareciam ricos, mas estavam bem de vida: Safie trouxera consigo algum dinheiro.

Às vezes eu me permitia sonhar acordado. Imaginava-me entre aquelas pessoas adoráveis, que compartilhavam meus sentimentos. Mas era tudo um sonho. Eu estava sozinho. Nenhuma Eva amenizava minhas tristezas ou dividia comigo as alegrias. Lembrei-me do pedido de Adão ao seu criador. Mas onde estava meu criador? Ele havia me abandonado e eu sentia amargura em meu coração.

Assim o outono chegou e vi, com surpresa e tristeza, as folhas caírem, e a natureza assumir aquela aparência desolada da proximidade do inverno. A minha conformação era mais adequada ao frio do que ao calor, mas uma das minhas alegrias era estar entre as flores, ouvir os pássaros, como se participasse da festa que a Natureza promove todo verão. Concentrei então a minha atenção à vida dos meus amigos. Ansiava pela sua proteção e amizade; queria me fazer conhecer e ser amado por eles. Não ousava nem pensar que pudessem virar-se contra mim com desprezo e horror.

O inverno se aproximava e já se passara um ano desde o meu despertar para vida. Planejei apresentar-me primeiramente ao velho quando estivesse sozinho. Sendo cego, não se assustaria com minha aparência. Embora minha voz fosse rouca, não tinha nada de terrível e, portanto, na ausência dos filhos, eu poderia obter a sua boa vontade; depois ele poderia ser o intermediário entre mim e os outros.

Um dia Félix, Ágata e Safie saíram para um longo passeio a pé e De Lacey ficou sozinho no chalé e, logo depois, pegou seu violão e ficou tocando canções tristes e doces. Até que deixou o instrumento de lado e absorveu-se em pensamentos. Os empregados haviam ido a um mercado na proximidades. Meu coração batia, minhas pernas tremiam: este era o momento. Removi as tábuas da entrada de minha cabana e aproximei-me da porta do chalé.

– Quem está aí? – perguntou o ancião quando bati.

– Perdoe-me a intrusão – respondi. – Sou um viajante que precisa de um pouco de descanso. Ficarei muito grato se permitir que eu permaneça um pouco perto da lareira.

– Entre – disse De Lacey. – Infelizmente meus filhos não estão e, como sou cego, será difícil arrumar comida para você.

– Não se preocupe, meu gentil hospedeiro, pois tenho comida. Só necessito de um pouco de calor e descanso.

Sentei-me. Sabia que cada minuto era precioso para mim, mas estava incerto do que falar, quando o velho dirigiu-se a mim:

– Pelo seu jeito de falar, suponho que seja meu compatriota. É francês?

– Não. Mas fui educado por uma família francesa e só compreendo esta língua. Agora estou a caminho de pedir a proteção de uma família a quem amo muito.

– São alemães?

– Não, são franceses. Mas mudemos de assunto. Sou uma criatura infeliz e só. Não tenho nenhum parente ou amigo sobre a face da Terra. Essas pessoas de quem falei nunca me viram e não sabem nada sobre mim. Estou com muito medo, pois se nada conseguir com eles serei um pária para sempre.

– Não se desespere – disse, tentando acalmar-me. – Os corações dos homens, se estiverem livres dos preconceitos, estão cheios de amor fraternal e caridade. Apoie-se, portanto, nas suas esperanças.

– Eles são bons, são criaturas excelentes, mas, infelizmente, terão prevenção contra mim. Tenho boas intenções e minha vida, até agora, tem sido inofensiva e até um pouco útil. Mas o preconceito prejudica a visão dos homens e, onde deveriam ver um bom amigo sensível, estou certo, enxergarão apenas um monstro detestável.

– Isto é, de fato, muito ruim. Mas se você é realmente bom, não poderá convencê-los das suas intenções?

– Sim, estou a caminho de tentar isso. Gosto demais deles. Há meses que, sem saberem, faço diariamente coisas para ajudá-los, mas eles pensarão que quero agredi-los.

– Onde moram?

– Perto daqui.

O velho ficou um pouco quieto e depois continuou:

– Se você contar para mim a sua história, talvez eu possa ajudá-lo a esclarecê-los a seu respeito. Sou cego e nada posso dizer de sua aparência, mas há algo nas suas palavras que me convence de que você está dizendo a verdade. Sou pobre e vivo exilado, mas me trará um prazer verdadeiro ser, de algum modo, útil para uma criatura humana.

– Bom homem! Agradeço e aceito sua oferta. Acredito que, com sua ajuda, não serei rejeitado!

– Mesmo que você fosse um criminoso, isso só o levaria ao desespero e o afastaria do bom caminho. Posso saber os nomes e o endereço desses seus amigos?

Este, pensei, era o momento da decisão, era o instante que tiraria de mim, ou me daria, a felicidade que eu tanto desejava. Lutei comigo mesmo para ter a firmeza necessária para responder, mas não consegui e caí em soluços. Nesse momento ouvi passos. Eu não tinha mais um segundo a perder e, tomando a mão ao velho, gritei:

– Salve-me e proteja-me! Você e sua família são os amigos que procuro. Não me abandone agora!

– Meu Deus! – exclamou De Lacey. – Quem é você?

A porta do chalé se abriu e Félix, Safie e Ágata entraram. Quem conseguiria descrever seu horror e consternação ao me verem? Ágata desmaiou e Safie, incapaz de socorrer a amiga, correu para fora da casa. Félix voou para cima de mim e, com uma força sobrenatural, afastou-me de seu pai. Em um acesso de fúria, atirou-me no chão e bateu violentamente em mim com um pedaço de pau. Eu poderia tê-lo rasgado, membro a membro, como o leão faz com o antílope. Mas meu coração parecia afundar dentro de mim, eu sentia uma amarga náusea, e controlei-me. Dominado pela dor e pela angústia, saí do chalé e, no meio do tumulto geral, escapei despercebido para minha cabana.

Capítulo XVI

A solidão

Meus sentimentos eram de raiva e vingança. Quando a noite veio, saí do meu abrigo e fui vagar pela mata. Agora, não mais preocupado em ser descoberto, dei vazão à minha angústia com urros pavorosos. Ah! Que noite miserável eu passei!

Depois de horas correndo pela mata, afundei na relva úmida derrotado pela impotência do desespero. Não havia ninguém, entre os milhões de homens da Terra, que poderia ter pena ou ajudar-me; e eu deveria ser bom para com meus inimigos? Não. Daquele momento em diante, declarei guerra contra a espécie humana e, mais que todos, contra aquele que me criou e me abandonou nesta miséria insuportável.

Passei o dia na mata. Acalmei-me e pensei que talvez eu devesse voltar ao chalé, procurar o velho e convencê-lo a tomar o meu partido.

Na noite seguinte voltei para minha cabana. Esperei silenciosamente que o dia clareasse e a família se levantasse. Mas o sol já ia alto e eles não apareciam. O interior da casa estava escuro, eu não escutava nenhum movimento.

Dois camponeses passaram, pararam e apontaram o chalé, conversando e gesticulando muito; não pude entender o que falavam, pois não era a língua francesa. Em seguida foram embora. Logo depois Félix aproximou-se, com um homem. Fiquei surpreso, pois tinha certeza de que ele não saíra do chalé de manhã.

– Você se esquece – disse-lhe o homem – de que terá de pagar três meses de aluguel e perderá toda a produção de sua horta? Não quer pensar mais a respeito de sua partida?

– É inútil – respondeu Félix. – A vida de meu pai corre sério perigo, devido ao fato que lhe contei. Minha esposa e minha irmã jamais se recuperarão do terror por que passaram. Tome de volta sua casa e deixe-me ir embora daqui.

Nunca mais vi ninguém da família de De Lacey. Passei aquele dia em profundo desespero. Havia-se rompido o único elo que me ligava ao mundo. A vingança e o ódio enchiam meu peito. À noite, depois de destruir todo o jardim, pus fogo no chalé e fugi para longe do cenário da minha desgraça.

Foi então que a lembrança de sua pessoa cruzou minha mente. Entre as aulas que Félix havia dado a Safie, a Geografia não havia sido omitida. Em seus papéis, você havia citado Genebra como sua cidade natal. Resolvi ir para lá. Sabia que tinha que ir no sentido sudoeste, mas o sol era meu único guia. Não sabia por quais cidades teria que passar, nem poderia pedir informações. Mas eu chegaria. Apesar de só sentir ódio por você, que tinha me dotado de percepções e sentimentos e havia me largado para ser alvo de desprezo e repugnância, ainda assim, só a você eu poderia clamar por piedade e alívio.

Minha viagem foi longa e sofrida. O inverno estava chegando e eu só podia viajar à noite, para não encontrar seres humanos. A chuva e a neve rodeavam-me, os rios estavam congelados e eu não encontrava nenhum abrigo. Quanto mais me aproximava de sua cidade, mas profundo eu sentia o espírito de vingança. Alguns acidentes geográficos me orientavam, já que eu tinha um mapa do país comigo. Quando atingi os domínios da Suíça, já era primavera e a terra começara a se cobrir de verde. Então um fato reafirmou, de maneira especial, como eu estava certo em jurar vingança a toda a humanidade.

Uma manhã, ao consultar o mapa, vi que teria de atravessar uma floresta; resolvi então continuar minha viagem à luz do dia. Com a chegada da primavera, sentia-me um pouco mais alegre, coisa que eu pensava que jamais me aconteceria outra vez. Caminhei pela mata até chegar a um rio. Ali parei, sem saber que direção tomar, quando ouvi vozes e me escondi atrás de um cipestre. Vi uma menina correndo em minha direção, rindo, como se fugisse de alguém por brincadeira. Mas escorregou e caiu no rio. Saí do meu esconderijo e, com muito esforço, por causa da força da correnteza, salvei-a e trouxe-a para a margem. Ela estava desmaiada e tentei fazê-la voltar a si, mas fui interrompido pela aproximação de um homem rústico que, ao ver-me, pulou sobre mim, arrancou a menina de meus braços e levou-a para dentro da mata. Segui-os, correndo sem saber por quê, mas, quando o homem me viu, apontou um revólver e atirou. Joguei-me no chão e ele fugiu.

Esta foi minha recompensa! Salvei uma vida e recebi um tiro em retribuição.

Por algumas semanas levei uma vida horrível na mata, gemendo de dor e esperando que a ferida se curasse. A bala havia entrado no meu ombro e eu não sabia se havia ficado lá dentro ou não. Mas finalmente o ferimento cicatrizou-se e continuei minha viagem. Em dois meses, a partir desse acidente, cheguei em Genebra.

Anoitecia e eu me escondi nos campos que rodeiam a cidade. Estava pensando em como chegar até você quando uma linda criança veio correndo até o refúgio que eu havia escolhido. Quando a vi, veio-me a ideia de que essa pequena criatura, tendo vivido tão pouco tempo, talvez não tivesse preconceitos e nem horror à deformidade. Se, portanto, pudesse pegar esse menino e educá-lo como meu companheiro e amigo, eu não seria tão infeliz.

Mas assim que pus minhas mãos nele, colocou as mãos nos olhos e começou a gritar.

– Criança, escute – falei suavemente –, não quero machucá-lo.

– Solte-me! – ele gritava. – Monstro! Feio! Você quer me cortar em pedaços e me comer! Solte-me ou vou contar para o meu pai!

– Menino, você nunca mais vai ver seu pai... Você virá comigo.

– Monstro horrível! Solte-me! Meu pai é importante. Ele é o Sr. Frankenstein. Ele vai castigá-lo!

Frankenstein! Então ele pertencia à família do meu inimigo, a quem devo eterna vingança! Seria minha primeira vítima. Agarrei sua garganta e, em um momento, ele estava morto aos meus pés.

Meu coração exultou um triunfo infernal. Batendo palmas, exclamei:

– Eu também posso gerar desolação. Meu inimigo não é invulnerável. Esta morte irá desesperá-lo e mil outras desgraças irão atormentá-lo e destruí-lo.

Foi então que vi algo brilhando em seu pescoço. Era uma joia com a figura de uma linda mulher. Peguei-o e saí daquele lugar, procurando um esconderijo seguro; encontrei um estábulo que parecia vazio. Mas havia ali uma moça, dormindo sobre um monte de palha. Era jovem e bonita. Eu sabia que o seu sorriso, e o de nenhuma outra jovem, jamais seria dirigido a mim, mas não pude resistir: curvei-me sobre ela e sussurrei:

– Acorde, seu amor está aqui; este que daria a vida para ter um olhar de afeto de seus olhos. Meu amor, acorde!

Ela se mexeu. Então um arrepio de medo percorreu meu corpo. Se ela acordasse e me denunciasse como o assassino? A ideia despertou outra vez o espírito maligno dentro de mim. Ela sofreria, não eu. Coloquei a joia em um dos bolsos de seu vestido e fugi. Cometi esse crime por estar para sempre privado do que ela poderia me dar.

Então vim para as montanhas. Estou só e desgraçado, consumido por uma paixão que só você, Frankenstein, pode remediar. E não o deixarei partir até que me prometa obter o que desejo. Qualquer criatura humana não se ligaria a mim, a não ser alguém deformado e horrível como eu. Minha companheira deve ser da mesma espécie que eu, ter os mesmos defeitos. Esse ser, você precisa criar.

Capítulo XVII

A promessa de Frankenstein

O ser acabou de falar e fixou os olhos em mim, esperando uma resposta. Mas eu estava confuso, perplexo e incapaz de organizar minhas ideias para conseguir entender direito sua proposta. Ele continuou:

– Você precisa criar uma fêmea para mim, com quem eu possa viver. Isso só você pode fazer e eu o exijo, é um direito meu que você não pode recusar.

A última parte de seu relato reavivou a raiva que eu sentia dele: e que havia se aplacado quando ele narrava a vida que levou no barraco junto ao chalé.

– Recuso – respondi –, e nenhuma tortura jamais provocará meu consentimento. Você pode me tornar o mais desgraçado dos homens, mas jamais criarei outro ser igual a você. Suma-se!

– Você está errado – insistiu o monstro – e, ao invés de ameaçá-lo, quero raciocinar com você. Sou mau porque sou infeliz. Não sou rejeitado e odiado por toda a humanidade? Você mesmo adoraria me matar. Por que eu teria mais pena dos homens do que eles de mim? Se não posso inspirar amor, causarei o medo, e principalmente, a quem mais odeio: você. Pense bem. Trabalharei na sua destruição e não descansarei enquanto não destruir seu coração, enquanto você não amaldiçoar a hora em que nasceu.

Sua face estava enrugada em uma contorção horrível demais para os olhos suportarem. Mas acalmou-se e continuou:

– Eu queria argumentar com você. Você não está vendo que é a causa de tudo. O que eu estou pedindo é razoável: quero uma criatura do outro sexo, mas da minha espécie. É pouco, mas é tudo o que posso receber e ficarei contente. É verdade que seremos monstros, banidos do mundo, mas por isso mesmo seremos muito ligados um ao outro. Ah, meu criador, faça-me feliz! Deixe-me sentir a simpatia de pelo menos um outro ser! Não negue o meu pedido!

Senti que havia alguma justiça em seus argumentos. Ele percebeu que minha disposição estava mudando e disse:

– Se consentir, nem você nem qualquer outro ser humano jamais nos verá. Irei para as vastas selvas da América do Sul. Meu alimento não é o mesmo dos homens. Não destruirei o gado. Raízes e frutos serão suficientes. Faremos nossa cama com folhas secas. Seremos pacíficos.

– Você propõe – repliquei – fugir das cercanias dos homens e morar nas selvas, onde as feras serão seus companheiros. Como poderá ficar nesse exílio, já que almeja o amor e a simpatia dos humanos? Você voltará e quererá procurar de novo a nossa amizade. Sua maldade será reavivada e então terá uma companheira para ajudá-lo na destruição. Não, isto não pode ser. Não posso consentir.

– Eu juro, pela terra que habito, que não voltaremos!

– Você jura ser inofensivo – eu disse –, mas já mostrou maldade o suficiente para que eu não confie em você.

– Mas o amor de alguém irá destruir a causa de meus crimes.

Suas palavras tinham um estranho efeito sobre mim. E ao mesmo tempo em que sentia compaixão, quando eu olhava para aquela criatura nojenta que se movia e falava, meu estômago se revoltava. Tentei me controlar e refleti. Depois de uma longa pausa, resolvi concordar com seu pedido. Virando-me para ele, eu disse:

– Consinto em fazer o que me pede sob o solene juramento de deixar a Europa para sempre e todo e qualquer lugar nas vizinhanças dos homens, assim que eu entregar em suas mãos uma fêmea que irá acompanhá-lo em seu exílio.

O monstro agradeceu efusivamente e prometeu que não voltaria a aparecer para mim enquanto meu trabalho não estivesse terminado. Dizendo isto, afastou-se rapidamente, decerto temendo que eu mudasse de ideia. Vi-o descendo a montanha em maior velocidade que o voo de uma águia e perdendo-se entre as ondulações daquele mar de gelo.

O sol estava para se pôr e eu desci para o vale com o coração pesado e os passos lentos. A noite já avançava quando cheguei perto da estalagem. Sentei-me ao lado de uma fonte e chorei amargamente. Ao amanhecer voltei para Genebra. Minhas emoções tinham o peso de uma montanha.

Capítulo XVIII

Viajando com Clerval

Dia após dia, semana após semana, e eu não conseguia coragem para começar o meu trabalho. Sabia que não poderia compor uma fêmea sem, outra vez, devotar meses de estudo profundo. Mas eu adiava o início do trabalho cuja necessidade começava a não parecer tão urgente.

Um dia meu pai chamou-me para uma conversa:

– Vejo com prazer, meu filho, que você está voltando ao que costumava ser. Mas sinto que ainda está infeliz e, embora tenha retomado algumas de suas ocupações, evita o convívio com as pessoas. Confesso, meu filho, que sempre desejei o seu casamento com Elizabeth. Vocês são ligados um ao outro desde a infância. Parecem feitos um para o outro. Mas talvez você a veja como uma irmã ou tenha conhecido alguma outra pessoa a quem ame. Gostaria de saber o que você sente.

– Fique tranquilo, meu pai – apressei-me em responder. – Ninguém merece a minha admiração e o meu afeto a não ser Elizabeth. Também não desejo outra coisa que não seja nossa união.

Então um turbilhão de pensamentos tomaram conta de minha mente. A ideia de casar-me logo com ela enchia-me de medo. Eu estava preso a uma promessa solene, que ainda não havia cumprido e não ousava quebrar. Era necessário que eu fizesse o que havia prometido e deixasse que o monstro partisse com sua companheira antes que eu pudesse desfrutar dessa união que me traria somente paz.

Também sabia que teria que viajar para a Inglaterra, pois lá poderia entrar em contato com alguns cientistas que tinham conhecimentos que eu precisava para essa nova tarefa. Além disso, não poderia executar tal trabalho na casa de meu pai. Mas eu não ficaria fora muito tempo e voltaria para minha família em paz e feliz. Assim que minha promessa estivesse cumprida, o monstro partiria para sempre ou, às vezes eu sonhava, algum acidente poderia destruí-lo e pôr fim à minha escravidão.

Disse, então, a meu pai que gostaria de viajar antes do casamento.

– Sim – respondeu-me ele, animado –, sem dúvida lhe fará bem divertir-se um pouco, mudar de paisagem.

Sem comunicar-me, achou que seria bom Clerval fazer-me companhia e acertou com ele que nos encontraríamos em Estrasburgo. Isso interferiu nos meus planos, já que eu precisava estar sozinho para empreender minha tarefa. Mas, ao mesmo tempo, nos primeiros meses ao menos, sua presença não seria um impedimento e o monstro estaria impossibilitado de forçar sua presença.

Comecei os preparativos para a viagem, que deveria durar no máximo um ano. Tinha medo que durante minha ausência aquele demônio, desesperado pela minha partida, resolvesse atacar minha família. Ao mesmo tempo lembrava-me de que ele havia dito qualquer coisa a respeito de seguir meus passos, sem perturbar-me, até que eu lhe entregasse a fêmea.

Deixei outra vez meu país no fim de setembro. Elizabeth pediu-me que apressasse minha volta, ao despedir-se, com os olhos cheios de lágrimas. Levava comigo todos meus instrumentos químicos e a cabeça cheia de terríveis pensamentos. Esperei por Clerval dois dias, em Estrasburgo. Que diferença entre nós dois! Ele estava atento a cada paisagem nova, ficava alegre ao ver a beleza do pôr do sol e mais ainda ao vê-lo surgir, para começar um novo dia.

– Isto é que é viver – falava entusiasmado. – Mas você, querido Frankenstein, você me parece triste e desanimado, mesmo com tanta beleza em torno de nós!

Descíamos o Reno de barco, indo de Estrasburgo para Roterdã, de onde iríamos para Londres. Vimos vários castelos em ruínas na beira de precipícios, passamos por paisagens as mais diversas: colinas escarpadas, escuras matas, vinhedos florescentes, cidades populosas. Mesmo eu, deprimido e com espírito sempre agitado por sentimentos sombrios, mesmo eu estava contente.

Clerval! Meu querido amigo! Ele era um ser formado na verdadeira poesia da natureza. Era tão sensível, sua alma transbordava de afetos ardentes, sua amizade era devotada. A sua lembrança me angustia profundamente. Mas deixe-me continuar meu relato.

De Colônia passamos às planícies da Holanda e de lá, por mar, à Inglaterra. Foi numa clara manhã de dezembro que vimos os penhascos brancos da costa britânica. As margens do Tâmisa apresentavam outro cenário, planas e férteis. Passamos por várias cidades inglesas e, finalmente, vimos as numerosas torres, a da Catedral de Saint Paul acima de todas e a Torre de Londres, famosa na história inglesa.

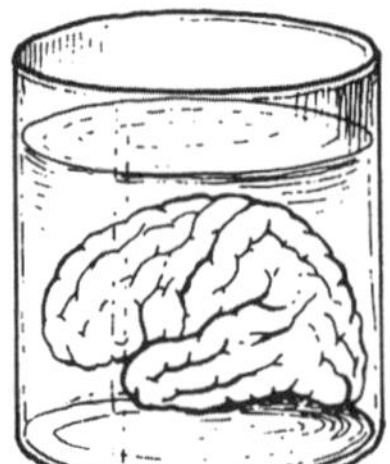

Capítulo XIX

O novo laboratório na Escócia

Ficaríamos em Londres por vários meses. Clerval queria conhecer os homens de gênio e talento que lá viviam nessa época; eu estaria principalmente ocupado em conseguir as informações necessárias para cumprir minha promessa e, para isso, logo enviei as cartas de apresentação endereçadas aos cientistas de maior projeção.

Uma nuvem escura cobria a minha vida. Não sentia prazer na companhia das pessoas; quando sozinho, conseguia preencher minha mente com a visão do céu e da terra. A voz de Henry acalmava-me e eu podia, enganando-me, sentir alguma paz transitória. Mas rostos alegres e agitados traziam o desespero. Via uma barreira intransponível entre mim e o resto dos homens. Essa barreira estava selada com o sangue de William e Justine.

Mas em Clerval eu via a imagem do que eu mesmo havia sido. Era curioso e ávido de experiências e instrução. Tudo era fonte de conhecimento e diversão. Frequentemente eu recusava acompanhá-lo alegando outro compromisso, pois começava a coletar materiais necessários para a minha nova criação.

Depois de alguns meses em Londres, recebemos um convite de um conhecido escocês para que fôssemos ao seu país. Embora eu odiasse contratos sociais, queria ver montanhas e rios e todas as coisas incríveis que a natureza apresenta.

Decidimos partir no fim de março e seguir para lá, visitando várias cidades e os lagos de Cúmbria, no caminho, até chegar em Perth, no norte da Escócia. Voltaríamos no fim de julho. Assim, empacotei meus instrumentos e material de trabalho e resolvi terminar minha tarefa em algum retiro obscuro nas montanhas escocesas.

Passamos bastante tempo em Oxford, depois em Matlock, que nos lembrava a Suíça; dois meses ficamos explorando a região das montanhas de Cúmbria. Eu já estava aflito: havia deixado minha promessa de lado por algum tempo e temia os efeitos da impaciência do demônio. Ele poderia ter ficado na Suíça e vingar-se em meus parentes. Esta ideia perseguia-me e atormentava-me; esperava cartas com impaciência febril e, quando chegavam e eu via a letra de Elizabeth ou do meu pai, quase não conseguia ler de medo do que diriam.

Visitamos Edimburgo e depois seguimos para Perth, onde nosso amigo nos esperava. Mas eu não estava no espírito de rir e conversar com estranhos ou de compartilhar seus sentimentos e planos com o bom humor que se espera de um hóspede. Assim, disse a Clerval que eu queria fazer uma viagem pela Escócia, sozinho.

– Estarei viajando por uns dois meses – expliquei. – Mas não se preocupe comigo. Preciso de um pouco de solidão e, quando eu voltar, espero estar com o coração mais leve para poder lhe fazer melhor companhia.

Henry tentou dissuadir-me e, não conseguindo, pediu-me que eu lhe escrevesse.

Havendo me separado de meu amigo, resolvi ir para algum local remoto e terminar meu trabalho. Atravessei as montanhas do norte e fixei-me numa ilha com poucos habitantes. Aluguei um chalé que continha somente dois cômodos miseráveis. Mandei consertar algumas coisas, pus alguma mobília e ali instalei-me.

Nesse local eu trabalhava durante o dia e, à noitinha, quando o tempo permitia, caminhava pela praia pedregosa, para escutar as ondas. Era uma paisagem monótona. Mas, quanto mais me adiantava em meu trabalho, mais sentia horror. Às vezes não conseguia me obrigar a entrar no laboratório por vários dias. Depois trancava-me dias e noites em seguida, de maneira a terminar tudo rapidamente.

Assim, ocupado na mais detestável atividade, imerso na total solidão, minha disposição foi se tornando irregular. Estava ficando cada vez mais nervoso e ansioso. Às vezes, sentava-me com os olhos fixos no chão, simplesmente aterrorizado.

Mas continuava a trabalhar e o ser já estava quase pronto. Queria que tudo terminasse; alimentava a esperança de ter paz novamente, mas ao mesmo tempo sentia presságios do mal, o que fazia meu coração adoecer no meu peito.

Capítulo XX

O juramento de vingança

Uma noite, sentado em meu laboratório, sem luz suficiente para continuar trabalhando, fiquei parado, pensando. Três anos atrás eu estava ocupado na mesma coisa e havia criado um monstro que tinha resultado no mais amargo remorso. Estava agora formando um outro ser, cuja personalidade eu não podia prever. Ela poderia ser dez mil vezes mais maligna do que seu companheiro e deliciar-se com o assassinato e a desgraça. Ele havia jurado se afastar dos homens; ela não. Poderia recusar-se a aceitar um compromisso feito antes de sua criação. Poderiam até odiar-se, um ao outro. A criatura que já existia abominava sua própria deformidade: não poderia sentir um horror ainda maior ao ver diante de seus olhos essa deformidade em forma de mulher? Ela também poderia ter aversão a ele, ante a beleza dos homens, e abandoná-lo.

Mesmo que deixassem a Europa e simpatizassem um com o outro, o resultado seria de que teriam filhos e uma raça de demônios seria espalhada pela Terra. Ninguém tinha o direito de infligir essa ameaça à raça humana, por egoísmo, para garantir a própria paz.

Eu estava no fim de meu trabalho. Olhei distraidamente pela janela e, para minha surpresa, vi o monstro lá fora, à luz da lua. Olhava para mim, com os lábios arreganhados num sorriso maligno. Sim, ele havia me seguido em minhas viagens e agora aproximava-se para verificar o meu progresso e reclamar o resultado de minha promessa.

Em um impulso desesperado, comecei a destruir a coisa na qual estava trabalhando. Rasgava-a em pedaços. O demônio via, pela janela, o fim do que seria a sua felicidade. Soltou um uivo diabólico de desespero e recuou.

Várias horas se passaram e eu permaneci perto da janela, olhando o mar. De repente, ouvi um ruído e, ao virar-me, o vi na minha frente. Fechando a porta, aproximou-se de mim e disse, numa voz abafada:

– Você ousa quebrar a sua promessa? Há meses que eu passo por miséria e fadiga. Arrastei-me pelas praias do Reno, pelas ilhas de salgueiros e pelos cumes de suas colinas. Morei muito tempo nas charnecas da Inglaterra e nos desertos da Escócia. Aguentei exaustão, frio e fome. Você ousa destruir as minhas esperanças?

– Suma daqui! – gritei de volta. – Sim, eu quebro minha promessa! Nunca mais farei uma criatura como você, igual em deformidade e maldade.

– Lembre-se de que eu tenho poder. Você se considera infeliz, mas não conhece ainda a verdade infelicidade. Você é meu criador, mas sou o seu senhor. Obedeça, escravo!

– Suas ameaças não podem fazer com que eu cumpra a promessa. Vá embora!

– Cada homem pode encontrar uma mulher como companheira – disse ele, rangendo os dentes de raiva. – Cada animal a sua fêmea, e eu ficarei só? Tome cuidado! Logo cairá o raio que tirará para sempre a possibilidade de você ser feliz! Você pode destruir minhas alegrias, mas a vingança

permanece, vingança, daqui em diante, mais importante do que a luz ou o alimento! Posso morrer; mas antes você irá amaldiçoar o sol que ilumina a sua desgraça. Homem, você vai se arrepender do mal que me infligiu!

Tentei agarrá-lo, mas desviou-se e fugiu do chalé. Em poucos momentos pude vê-lo em um barco, cruzando as águas com rapidez e desaparecendo entre as ondas.

Suas palavras ficaram soando em meus ouvidos. Eu queimava de fúria e desejo de matá-lo. Tremia ao imaginar qual seria sua próxima vítima.

A noite passou e o sol nasceu; meu ódio transformou-se em desespero. Saí de casa e fui andar pela praia. Desejava poder passar minha vida naquela ilha pedregosa, a salvo de qualquer súbito choque de desgraça. Se eu voltasse, seria para ser sacrificado ou ver aqueles a quem eu amava sob o domínio do demônio que eu havia criado.

Finalmente adormeci na relva e, quando despertei, já estava mais calmo. Sentei-me na praia; um barco de pescador aproximou-se e trouxe-me cartas, entre as quais uma de Clerval. Dizia que estava para voltar para Londres e que de lá iria para a Índia, conforme já organizara com outros estudantes de línguas. Pedia que eu me juntasse a ele em Perth, e dali seguíssemos para Londres, para estarmos juntos o maior tempo possível antes de sua partida.

Portanto, reuni meus instrumentos de trabalho e resolvi juntar os restos do ser que eu havia destruído, pôr tudo num saco com pedras e jogar no mar, uma vez que tudo aquilo poderia despertar horror e suspeitas se fosse encontrado por alguém.

Entre duas e três da madrugada, peguei um barco a vela e me afastei umas quatro milhas da costa. Lá, atirei o saco à água e me afastei do local. O céu estava nublado, mas o ar era puro e havia uma brisa refrescante. Fixei o leme em uma posição direta e estiquei-me no fundo do barco. Estava relaxado, tranquilo e o barulho da água embalou-me em um sono profundo.

Não sei quanto tempo dormi, mas quando acordei o sol já estava alto. O vento soprava forte e deduzi que havia sido levado para longe da praia de onde havia saído. Não conseguindo ir contra o vento, fui sendo levado sem saber para onde. Assim passaram-se horas e eu temia que já este fosse o meu fim, quando o vento amainou e vi uma linha de terra ao sul. Ao aproximar-me, avistei traços de civilização. Havia barcos ancorados. Depois surgiu um pequeno vilarejo. Tendo trazido dinheiro, ali poderia obter algum alimento.

Quando estava ocupado ancorando o barco e guardando as velas, várias pessoas se juntaram em volta de mim. Pareciam surpresos com a minha aparência, mas, em vez de oferecerem ajuda, cochichavam uns com os outros fazendo gestos em minha direção.

– Bons amigos – dirigi-me a eles –, poderiam me dizer o nome desta cidade e onde se localiza?

– Logo você saberá – respondeu rudemente um homem – e não acredito que vá gostar daqui.

Fiquei atônito ao ser tão mal recebido, e perguntei:

– Por que me responde tão grosseiramente? Decerto não é costume dos ingleses receberem tão mal os estrangeiros!

– Sobre os ingleses eu não sei – continuou, no mesmo tom. – Mas é assim que nós, os irlandeses, recebemos os vilões.

Enquanto isso, juntava-se uma multidão ao redor. Decidi ignorá-los e, embora alarmado, abri caminho entre aquela gente estranha e comecei a caminhar, na intenção de encontrar uma hospedaria. Foi então que um homem, de maneiras calmas e ar benevolente, chegou perto de mim e disse que eu precisava acompanhá-lo ao magistrado para prestar contas dos meus atos.

– Por quê? Este não é um país livre?

– Livre para pessoas honestas. Você precisa prestar contas pela morte de um homem que foi encontrado assassinado aqui ontem à noite.

Esta resposta assustou-me, mas eu sabia que era inocente e isso seria facilmente provado. Apesar de faminto e exausto, acompanhei-o até a presença do magistrado. A única coisa que eu queria era que tudo se esclarecesse logo, para eu poder comer e descansar.

Capítulo XXI

O terror está solto

O magistrado pediu que se apresentassem as testemunhas. Seis homens adiantaram-se e um foi escolhido para depor. Disse que havia estado pescando à noite com seu filho e cunhado e, quando veio o vento forte, resolveram atracar. Não voltaram ao porto, mas a duas milhas de distância. Quando caminhava na areia, tropeçou em algo e caiu. Seus companheiros vieram ajudá-lo e, à luz da lanterna, viram que ele havia tropeçado no corpo de um homem. Estava morto e não havia se afogado, pois as roupas estavam secas e o corpo ainda quente. Era um jovem de aproximadamente vinte e cinco anos de idade. Havia marcas de dedos em seu pescoço.

Uma outra testemunha, chamada a depor, jurou que havia visto, um pouco antes de o corpo ter sido encontrado, um barco com um homem sozinho, saindo para o mar exatamente daquele ponto da praia. Uma mulher, que morava ali perto, também viu o homem no barco e logo depois levaram o corpo até sua casa. Vários outros homens, que me viram aportar, testemunharam que eu não sabia onde estava e que, provavelmente devido ao forte vento da noite, havia largado o corpo numa praia, teria ficado à deriva por horas e voltado para o porto próximo ao local do crime, sem o saber.

O magistrado quis que eu visse o morto para observar minha reação. Entrei na sala e dirigi-me ao caixão. Não posso descrever o horror que senti ao ver a figura sem vida do meu querido Henry Clerval. Perdi a respiração e atirei-me sobre ele, gritando:

– Será que minhas maquinações assassinas também tiraram sua vida, meu amigo Henry? Já destruí duas pessoas! Outras vítimas esperam seu destino, mas você, meu amigo, meu companheiro...

Não pude suportar o sofrimento e fui levado da sala em fortes convulsões. Fiquei dois meses à beira da morte, atacado por uma terrível febre. Tinha delírios horríveis e gritava em agonia e terror.

Mas eu estava condenado a viver e despertei daquele pesadelo em uma prisão, esticado numa cama miserável, cercado de carcereiros, grades e trancas. Havia uma enfermeira e um médico que cuidavam de mim.

Aos poucos fui me recuperando. Mas meu estado de espírito era tal que eu não sabia se não seria melhor para mim assumir a autoria do crime, pois assim seria condenado à morte e não teria mais de suportar aquela vida horrível.

Um dia, o magistrado foi me visitar.

– Assim que caiu doente – ele contou-me –, encontrei entre os papéis que trazia consigo cartas da sua família. Desse modo, pude entrar em contato com eles e relatar-lhes o que lhe havia sucedido. Sei que você ainda está muito doente para suportar emoção de qualquer espécie, mas seu pai veio até aqui para vê-lo e acho que isso lhe fará bem.

Nada poderia ter me dado mais prazer naqueles momentos de profunda angústia do que rever meu querido pai.

– O senhor está bem? – perguntei-lhe, esticando os braços para poder abraçá-lo. – E Elizabeth? Ernest?

Meu pai acalmou-me, assegurando que estavam todos bem.

– Mas que lugar horrível, meu filho! Você viajou para encontrar prazer, mas uma fatalidade parece persegui-lo!

Comecei a chorar como uma criança desamparada. Meu pai tentou me consolar, assegurando-me de que minha libertação estava próxima, mas nem a sua presença, nem as boas notícias podiam trazer-me paz ou consolo. Não pudemos conversar por muito tempo, pois o meu estado de saúde ainda era muito precário e eu precisava de completo repouso.

A época do julgamento chegou. Eu já estava preso há três meses e, embora ainda fraco, fui obrigado a viajar até a cidade onde haveria a sessão do tribunal. Ali foi provado que eu ainda estava na ilha onde era meu laboratório na hora do assassinato. Fui absolvido e libertado.

Meu desespero era tanto que, nessa época, para mim era indiferente um palácio ou uma cela de prisão. Sentia sempre que estava sendo observado: às vezes eram os olhos amigos de Henry, às vezes os aguados e esbranquiçados olhos do monstro que eu havia posto no mundo.

Mas eu ainda tinha um motivo para viver. Cuidar das pessoas que amava, esperar pelo assassino, talvez até encontrar seu esconderijo; talvez então eu pudesse pôr fim à sua existência.

Capítulo XXII

De volta a Genebra e a Elizabeth

Embora eu ainda estivesse muito fraco e o cansaço de uma viagem tão longa pudesse ser muito prejudicial à minha saúde, insisti com meu pai que regressássemos a Genebra.

Compramos nossas passagens e saímos da Irlanda com destino a Paris e, de lá, prosseguiríamos para Genebra. Eu estava extenuado e necessitava de um tempo de repouso antes de seguir para a Suíça. Meu pai desejava que eu procurasse distrações e fizesse passeios, acreditando que assim a minha angústia poderia ser aliviada. Pensava que eu estava deprimido por ter passado a humilhação de responder a um processo de assassinato.

– Ah! Meu pai – disse-lhe eu –, o senhor sabe muito pouco sobre mim. Não é orgulho ferido o que sinto. Justine também era inocente e sofreu a mesma acusação. Morreu por isso e eu sou a causa; eu a matei. William, Justine e Henry: todos morreram pelas minhas mãos.

Muitas vezes, durante minha prisão, eu havia tido isso a meu pai; mas ele achava que era o resultado de delírio, algo que viera à minha imaginação durante a febre e que ainda perdurava na minha convalescença. E eu sabia que não adiantava revelar-lhe o meu segredo. Seria considerado louco e, na hipótese improvável de meu pai acreditar em mim, isso só lhe traria também o desespero.

Mas, às vezes, não conseguia me controlar e fazia afirmações como esta, e meu pai se convencia de que minhas ideias estavam muito desorganizadas pela minha doença.

Conforme o tempo passava, tornei-me mais calmo. A desgraça habitava meu coração, mas conseguia controlar-me e não falava mais daquela maneira a respeito dos meus crimes. Poucos dias antes de deixarmos Paris com destino à Suíça, recebi uma carta de Elizabeth:

"Meu querido,

Estou muito feliz por saber que estão em Paris. Agora já não está tão longe de mim, e espero vê-lo logo.

Mas estou preocupada com você. Há um ano você nos deixou levando muita angústia, e tenho medo de que esse sentimento só tenha aumentado com o passar do tempo.

Acho que lhe devo algumas explicações e não posso mais adiar o que, durante sua ausência, tenho desejado lhe dizer sem ter a coragem para começar.

Bem, você sabe, Vítor, que o nosso casamento era desejado por seus pais desde a nossa infância. Estávamos acostumados com essa ideia desde pequenos. Gostávamos de brincar juntos e, acredito, ficamos amigos queridos e verdadeiros, um para o outro, quando crescemos. Mas diga-me, querido Vítor, eu peço, pela nossa felicidade, você alguma outra mulher?

Você viajou. Passou vários anos em Ingolstadt e quando o vi no outono passado tão infeliz, sempre querendo estar sozinho, não pude evitar a suposição de que você não quisesse mais o nosso casamento, mas que estivesse se sentindo preso pelas expectativas de seus pais. Mas eu quero libertá-lo. Confesso que o amo e meus sonhos para o futuro sempre o incluíram. No entanto, para a sua felicidade e também a minha, declaro que nossa união será uma desgraça a não ser que você também me ame. Ah! Vítor, esteja certo de que meu amor é sincero e por isso mesmo não gostaria de me casar com você simplesmente porque você não quer desfazer um compromisso de honra. Seja feliz, meu amigo.

Não deixe esta carta perturbá-lo. Não é necessário que responda amanhã e nem mesmo quando você chegar, se isto lhe causa dor. Se você me der um só sorriso, mostrando que era isso o que você queria, eu já estarei satisfeita.

Elizabeth
Genebra, 18 de maio de 17..."

Doce e querida Elizabeth!

O demônio disse que eu não teria sequer um momento de felicidade em minha vida. A sua vingança sangrenta já caíra sobre meu irmão, sobre Justine e, agora, sobre meu amigo Clerval. Certamente, se eu tentasse ser feliz com esse casamento, ele me mataria. Mas então eu estava disposto a morrer, se fosse para satisfazer o sonho de meu pai e de Elizabeth. Ou, talvez, conseguisse matá-lo antes.

Assim, escrevi para Elizabeth dizendo-lhe que não havia mais ninguém a quem eu amasse e quisesse unir a minha vida a não ser ela. Disse-lhe, ainda, que tinha um terrível segredo que a faria tremer de horror e que iria contar-lhe essa história de desgraças no dia seguinte ao do nosso casamento.

"Você não ficará surpresa somente com o meu sofrimento" – escrevi –, "mas principalmente de que eu tenha sobrevivido ao que tenho passado."

Uma semana depois meu pai e eu chegamos em Genebra. Ela recebeu-me com lágrimas nos olhos.

A tranquilidade da minha vida, então, era somente aparente. Sofria ataques de fúria e queimava de ódio; ficava deprimido e desesperado, não falava e nem olhava para ninguém, sentando-me imóvel, confuso pelas ideias que me assolavam. Somente Elizabeth sabia tirar-me dessas crises. Falava suavemente comigo, às vezes chorava comigo e por mim. Marcamos o casamento para breve.

Ao aproximar-se o dia, eu sentia meu coração apertar-se dentro do peito; não sabia se era por covardia ou algum pressentimento fatídico. Mas escondia meus sentimentos atrás de uma aparência de alegria, que fazia meu pai sorrir mas jamais enganava Elizabeth. Ela ansiava pelo nosso casamento com uma alegria calma, mas sentia medo de que, o que agora parecia uma felicidade certa e tangível, pudesse desaparecer de repente e não deixar nenhum traço, a não ser uma tristeza profunda e infinita.

Os preparativos foram feitos; recebíamos visitas de congratulações. Decidimos que passaríamos os primeiros dias de nossa felicidade ao lado de um lindo lago na Áustria.

Enquanto isso eu tomava todos os cuidados possíveis para poder defender-me do monstro, no caso de ele me atacar. Trazia sempre comigo um revólver e um punhal. De fato, com o passar dos dias eu ficava mais tranquilo; estava armado e, ao mesmo tempo, comecei a achar que ele havia me ameaçado somente para perturbar-me, mas que nada aconteceria de fato.

Ao se aproximar o dia, com todos os preparativos, todos falando disso como de um acontecimento certo, que nada poderia alterar, fui me convencendo de que meu casamento era a realidade, e o monstro e sua vingança, uma ilusão.

O dia chegou. Elizabeth estava tensa e melancólica, mas meu pai observou que isso se devia à timidez natural das noivas. Depois da cerimônia muitas pessoas foram comemorar em casa de meu pai, mas eu e Elizabeth tomamos um barco para a Áustria. O dia estava lindo, o vento favorável.

Esses foram os últimos momentos da minha vida em que eu senti alguma felicidade. O sol estava quente, e nos abrigamos sob uma cobertura de onde podíamos contemplar a beleza da paisagem.

Peguei a mão de Elizabeth, dizendo:

– Ah! Se você soubesse o que tenho sofrido! Se você pudesse imaginar quanto é bom para mim este momento, quanto me sinto livre do desespero e posso saborear esta tranquilidade e esta alegria!

– Seja feliz, meu Vítor – ela respondeu, com voz suave. – Não haverá nada, espero, para perturbá-lo. Meu coração também está contente, embora alguma coisa esteja me dizendo para não contar muito com o futuro que parece se estender à nossa frente. Mas não escutarei essa voz sinistra. O dia está lindo! A natureza está feliz e serena!

O sol começava a descer no céu. Podíamos ver os Alpes, agora mais próximos do lago. A brisa suave movimentava levemente as árvores quando nos aproximávamos da margem, de onde vinha o mais delicioso perfume das flores e do feno. Ao chegarmos ao porto, o sol desapareceu atrás do horizonte e eu senti aquele medo do que, em breve, iria me agarrar e me prender para sempre.

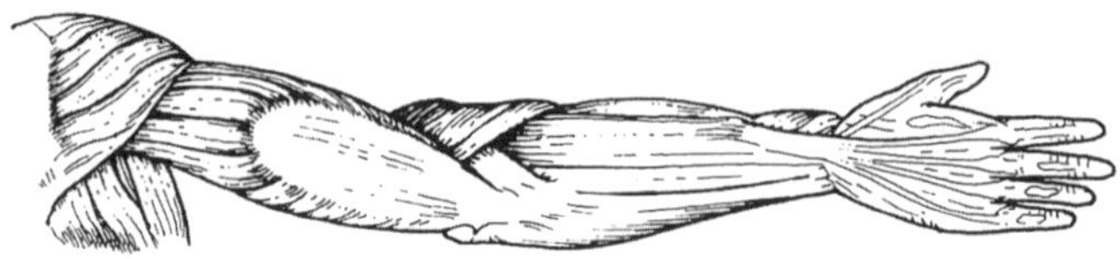

Capítulo XXIII

A noite de núpcias

Eram oito horas quando chegamos. Andamos um pouco pela praia e depois fomos para a hospedaria de onde contemplamos a cena adorável de água, matas e montanhas, ainda mostrando seus contornos à luz que findava.

O vento, que estivera brando, agora vinha com grande violência. A lua havia atingido seu ponto máximo no céu e começava sua descida. As nuvens varriam o firmamento e obscureciam o luar, enquanto o lago refletia a cena do céu revolto e começava a levantar ondas. Subitamente uma pesada tempestade começou.

Eu estava ansioso e sobressaltado; qualquer ruído me assustava. Tinha um terrível pressentimento e às vezes segurava a arma que trazia escondida no peito.

Elizabeth observava minha agitação em um silêncio tímido e medroso, mas havia alguma coisa em meu olhar que lhe comunicava terror. Com a voz trêmula, perguntou-me:

– O que o agita tanto, querido? Do que você tem medo?

Lembrando-me das ameaças do monstro, de que eu não teria mais um só momento de felicidade em minha vida, contava com sua aparição nessa noite. Mas eu havia decidido não recuar em um confronto com ele e lutar até que a minha vida ou a dele fosse destruída.

Pedi a Elizabeth que tivesse calma e que me deixasse sozinho por algum tempo. Ela retirou-se para o quarto e eu fiquei andando de um lado para outro da casa, inspecionando cada canto que pudesse ser um esconderijo para o meu adversário. Mas não havia traço dele e fiquei mais calmo; decerto ele havia desistido de suas ameaças, ou a sorte o havia impedido de levar adiante seus planos. Subitamente ouvi um grito agudo horrível. Quando o ouvi, toda a verdade ficou clara em minha mente, meus braços caíram, o movimento de cada músculo e fibra do meu corpo foi suspenso. Eu sentia o sangue escoar pelas minhas veias e latejar nas extremidades de meus membros. Esse estado durou um instante. O grito repetiu-se e eu corri para o quarto.

Deus! Por que eu não morri? Por que estou aqui para contar a destruição da melhor esperança e da mais pura criação da Terra? Lá estava ela, inanimada, jogada na cama, a cabeça para baixo na beirada do leito, seus traços pálidos e desfigurados semicobertos pelo cabelo. Para onde quer que eu olhe, eu vejo a mesma figura – seus braços sem sangue, seu corpo abandonado sobre seu esquife de noiva. Caí sem sentidos no chão.

Quando voltei a mim, estava rodeado pelas pessoas da hospedaria. Suas expressões exprimiam um terror indizível, mas o terror dos outros parecia somente uma imitação, uma sombra dos sentimentos que me oprimiam. Olhei em volta; onde estava o corpo de Elizabeth, meu amor, minha mulher, tão querida, tão valiosa? Haviam mudado sua posição e agora ela estava deitada com a cabeça sobre o braço, com um lenço jogado pela sua face e pescoço. Parecia dormir. Eu havia me precipitado para ela e a abraçado com ardor, mas o langor mortal de seu corpo disse-me outra vez que o que agora eu tinha em meus braços não era mais a Elizabeth que eu havia amado. A marca assassina das mãos do demônio estavam em seu pescoço e não havia mais respiração em seus lábios.

Quando eu ainda estava debruçado sobre ela, na agonia do desespero, olhei para cima. As janelas, que tinham sido fechadas, estavam abertas, a lua pálida iluminava o quarto e, com um terror indescritível ali eu vi a figura mais medonha e odiosa: o monstro, com um sorriso de escárnio nos lábios. Corri para a janela, puxei o revólver e atirei, mas ele escapou, correndo com a velocidade de um relâmpago e mergulhando no lago.

Várias pessoas correram atrás dele. Procuraram pelo lago, jogaram redes. Tudo em vão. A maioria dos meus companheiros acreditava que teria sido uma alucinação minha, mas continuaram a procurar em terra, dividindo-se em grupos que foram para as matas e os vinhedos. Tentei acompanhá-los, mas minha cabeça girava, meus passos pareciam os de um bêbado, uma névoa cobria minha visão, minha pele fervia de febre. Fui carregado de volta e colocado na cama, já quase inconsciente do que havia acontecido. Meus olhos procuravam em torno por algo que eu havia perdido.

Mas uma ideia veio-me à cabeça: nesse momento, meu pai poderia estar morrendo em suas mãos e meu irmão caído a seus pés. Nada deteria o monstro em sua vingança assassina. Levantei-me e decidi voltar a Genebra imediatamente.

Meu pai e Ernest estavam vivos, mas a perda de Elizabeth, que para meu pai era uma filha, fez com que ele adoecesse e morresse em poucos dias.

O que foi feito de mim? Não sei; perdi as sensações, e a escuridão era a única coisa que eu sentia em torno de mim. Prenderam-me numa cela, pois fui considerado louco por algum tempo, mas depois de alguns meses fui libertado.

Eu havia tomado uma decisão, no fundo do meu coração, de perseguir meu destruidor até a morte, e esse propósito aquietou a minha agonia. Meu ódio era inexprimível e a vingança a única paixão de minha alma. Iria me devotar, com a minha vida ou a minha morte, à sua destruição.

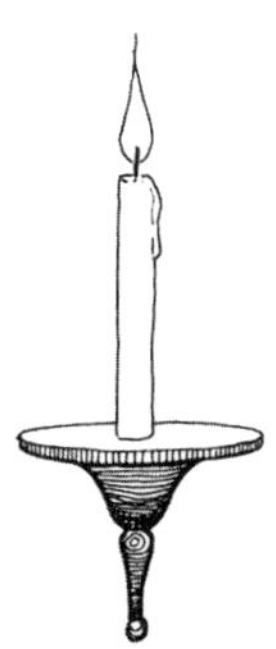

Capítulo XXIV
A perseguição

Minha primeira resolução foi deixar Genebra para sempre. Peguei todo o dinheiro que tinha e algumas joias que haviam pertencido à minha mãe e parti.

Então minhas perambulações começaram e não devem cessar a não ser com a morte. Já atravessei uma grande parte da Terra e suportei todas as adversidades que os viajantes atravessam, em desertos e países bárbaros. Como consegui sobreviver, não sei; muitas vezes deitei-me sobre o solo arenoso e rezei pela morte. Mas a vingança conservou-me vivo; não ouso morrer e deixar meu adversário vivo.

Quando deixei Genebra, vaguei pelas redondezas da cidade até que, ao cair da noite, encontrei-me em frente ao cemitério onde estão enterrados William, Elizabeth e meu pai. Caminhei até seus túmulos, ajoelhei-me na grama e beijei a terra, exclamando:

– Pela profunda e eterna tristeza que sinto, eu juro perseguir o demônio que causou esta miséria até que ele ou eu morra. Com este propósito preservarei minha vida. E peço a vós, espíritos dos mortos e guias da vingança, que ajudem e me conduzam em meu trabalho. Permitam que o amaldiçoado monstro do inferno beba da taça da agonia, que sinta o desespero que agora me atormenta.

A resposta que veio através da noite silenciosa foi uma alta gargalhada, e depois aquela voz abominável que eu conhecia dirigiu-se a mim:

– Estou contente, canalha miserável! Você resolveu viver e eu estou satisfeito.

Voei para o ponto de onde vinha a voz, mas ele fugiu.

Já o persigo há muitos meses, guiado por pequenos indí-

cios de onde ele se encontra. Já percorri as curvas do Reno, já estive no Mediterrâneo e de lá tomei uma embarcação, onde ele havia se escondido, em direção ao Mar Negro. Mas ele escapou. Segui sua trilha pelos confins da Rússia. Algumas vezes os camponeses, horrorizados pela sua aparição, informavam-me de seu caminho. Em outras ocasiões, ele mesmo, temendo que se eu o perdesse completamente entraria em desespero e morreria, deixava alguma marca para guiar-me.

Acontecia de, quase morrendo de fome, encontrar uma rústica refeição preparada para mim no deserto. Muitas vezes, ressequido pela sede, tive a sorte de receber alguns pingos de chuva para reavivar-me. Quando podia, seguia o curso dos rios, mas o demônio geralmente os evitava, para não encontrar vilarejos. Então eu me sustentava com a caça.

Certa feita encontrei estas palavras escritas na casca de uma árvore:

"Meu reinado não terminou; você vive e meu poder é total. Siga-me. Vou em direção ao gelo eterno do Norte, onde você sentirá o suplício do frio e do congelamento, aos quais eu sou indiferente. Perto daqui você encontrará uma lebre morta. Coma-a. Venha, meu inimigo. Ainda temos que lutar por nossas vidas, e muitas horas difíceis e desgraçadas você ainda vai ter de suportar antes que possa descansar".

Prossegui minha viagem para o norte; a neve intensificou-se e o frio aumentou a um grau quase insuportável. Os rios estavam cobertos de gelo e era impossível pescar.

Meu inimigo deixou para mim mais uma inscrição:

"Prepare-se! Isto é só o começo. Embrulhe-se em peles e providencie alimentos, porque em breve começaremos nossa jornada onde seus sofrimentos irão satisfazer o meu ódio infinito".

Ao avistar o oceano, turbulento, agradeci ao espírito que me guiava ter chegado a salvo ao lugar onde eu esperava confrontar-me com meu inimigo. Algumas semanas antes eu tinha conseguido um trenó e cães e assim viajava em boa velocidade. No dia em que primeiro avistei o mar no horizonte, o monstro estava a um dia de viagem adiante, e eu esperava alcançá-lo antes que ele chegasse à praia. Apressei-me e em dois dias cheguei a uma vila à beira-mar. Perguntei aos habitantes e soube que um monstro gigantesco havia chegado na noite anterior; armado de um revólver e de um rifle, expulsou os moradores de um chalé e tirou de lá toda a comida que tinham estocada; colocou tudo em seu trenó e fugiu por mar, numa direção que levava a terra nenhuma. Disseram-me que ele logo morreria, pois o gelo quebraria ou ele seria congelado pelas neves eternas.

Então preparei-me para a viagem. Troquei meu trenó por um apropriado para o oceano congelado, abarrotei-o de provisões e parti.

Pela quantidade de alimentos que trouxe comigo, calculo que já estou no mar há três semanas. Duas vezes vislumbrei uma mancha escura ao longe e, forçando a visão, distingui um trenó e as proporções distorcidas do monstro. Na segunda vez, consegui seguir sua rota sem perdê-lo de vista, ao longe, a não ser por alguns momentos em que as ondas congeladas formam montanhas de gelo. Após dois dias, estava a não mais do que uma milha de distância dele.

Mas agora, quando parecia que ele estava praticamente em minhas mãos, perdi totalmente seu rastro. Ouvi o mar sob o gelo. Parecia um trovão, enquanto as águas cresciam em ondas e encrespavam; o vento aumentou. Então, o mar bramiu e o gelo fendeu-se e quebrou com um som tremendo e esmagador. Em poucos minutos a água interpunha-se entre mim e o monstro e eu fiquei à deriva sobre uma placa de gelo flutuante que diminuía continuamente, preparando para mim uma morte horrível.

Assim passei muitas horas até ver seu navio. Resolvi que se estivessem indo para o sul eu lhe pediria um barco mas não abandonaria meu propósito. Mas você me trouxe a bordo, quando a minha resistência quase terminava e eu morreria sem ter minha vingança.

Prometa-me, comandante, que se por acaso eu morrer antes dele e os espíritos da vingança fizerem com que você o encontre, que ele não escapará. Prometa-me que irá persegui--lo e satisfazer a minha vingança com a sua morte! Ele é convincente e uma vez suas palavras chegaram a alcançar meu coração, mas não confie nele. Não o escute. Lembre-se de William, Justine, Clerval, Elizabeth, meu pai e de mim, e afunde sua espada em seu peito. Meu espírito estará por perto e eu conduzirei a lâmina até o seu coração.

Diário de Bordo

2 de setembro

Essa foi a história que Frankenstein viveu. Contou-me tudo como a mais simples verdade; a aparição do monstro, que vimos do nosso navio, trouxe-me a completa convicção da verdade de sua narrativa! Então tal monstro vive realmente! Não tenho como duvidar. Algumas vezes pergunto a Vítor sobre particularidades da sua aparência, mas sobre isso ele é impenetrável.

Nossas conversas, agora, não estão mais limitadas a sua própria história e desgraça. Ele tem conhecimentos enormes e uma eloquência impetuosa e comovente. Eu queria tanto um amigo e achei um nestes confins; mas temo que seja somente para valorizá-lo e depois perdê-lo. Tento reconciliá-lo com a vida, mas nada o convence de que ainda valha a pena viver.

– Obrigado – diz ele – por sua amizade, mas quando você fala de novas ligações e afetos, você pensa que eu poderia substituir as que se foram? Os companheiros de nossa infância sempre possuem um poder sobre nossas mentes, que dificilmente

um amigo de outra fase da vida pode obter. Sabem das nossas inclinações internas, as quais, por mais que mudem com o tempo, nunca desaparecem totalmente; então sabem julgar nossas ações com conclusões mais acertadas. Mas os meus amigos e parentes estão mortos e nada pode me convencer a preservar a minha vida. Se eu estivesse fazendo alguma coisa realmente útil para os meus semelhantes, então talvez eu quisesse viver. Mas este não é o meu destino. Preciso perseguir e destruir o ser ao qual dei existência. Então minha tarefa na Terra estará cumprida e poderei morrer.

5 de setembro

Não sei se jamais verei a Inglaterra outra vez. Mas minha coragem e esperança não me abandonaram, embora eu esteja rodeado de montanhas de gelo que não permitem escapatória e ameaçam destruir minha embarcação.

Se eu morrer, ninguém saberá. Estarão durante muitos anos esperando minha volta, ora se desesperando, ora com esperança. Meu infeliz companheiro esforça-se, falando da vida como se fosse algo que ele valorizasse. Encoraja meus marinheiros, que se sentem menos temerosos ao escutá-lo. Mas depois voltam a encher-se de medo e eu receio que o seu desespero provoque um motim.

7 de setembro

Aconteceu algo tão incomum que, embora seja altamente improvável que alguém jamais leia meus escritos, não posso deixar de registrar.

Estamos rodeados de montanhas de gelo e em constante perigo de sermos despedaçados por elas. O frio é excessivo e muitos dos meus camaradas já morreram. A saúde de Frankenstein está enfraquecendo diariamente.

Mencionei o meu medo de um motim. Esta manhã doze marinheiros pediram para entrar na minha cabine. Um deles me disse que ele e seus companheiros haviam sido escolhidos pelos outros para fazerem um pedido que eu não poderia recusar. Estávamos murados de gelo e provavelmente nunca conseguiríamos escapar, mas temiam que, se o gelo se dissipasse e abrisse alguma passagem, eu seria audacioso o suficiente para continuar minha viagem e levá-los a outros perigos depois que tivessem espantosamente sobrevivido a este. Insistiam, portanto, que eu prometesse solenemente que, se a embarcação fosse libertada, voltaríamos para o sul.

Esse pedido perturbou-me. Eu não estava em desespero e não tinha intenção de desistir do meu projeto caso pudéssemos prosseguir. Mas, teria eu o direito de me recusar a atendê-lo?

12 de setembro

A sorte está lançada. Consenti em retornar se não formos destruídos. Assim, meus sonhos foram desfeitos pela covardia e indecisão. Volto sem nada descobrir e desapontado.

Volto para a Inglaterra. Perdi minhas esperanças de ser útil à humanidade e de obter a glória. Perdi também meu amigo, e vou detalhar essas amargas circunstâncias.

No dia nove de setembro o gelo começou a se mover e estrondos como de trovões eram ouvidos à distância; as ilhas fendiam e se quebravam em pedaços que iam para diversas direções. A única coisa que podíamos fazer era ficarmos quietos; eu estava ocupado com o náufrago, cuja doença progredia assustadoramente.

No dia onze abriu-se completamente uma passagem em direção ao sul. Os marinheiros gritavam de alegria. Frankenstein levantou a cabeça do travesseiro e perguntou a causa daquele tumulto.

– Gritam – respondi – porque logo voltarão para a Inglaterra. Não posso forçá-los a enfrentarem perigos e talvez até a morte se assim não o desejarem.

– Então volte, se você quer, mas eu não voltarei. Você pode desistir de seus propósitos, mas o meu é um propósito designado pelos Céus e eu não ouso desistir. Estou fraco, mas certamente os espíritos que vigiam a minha vingança irão me dar força suficiente.

Dizendo isto, tentou levantar-se da cama, mas o esforço era grande demais para ele. Caiu e desmaiou. Demorou para voltar a si. Finalmente abriu os olhos, respirando com dificuldade. Não conseguia falar. O médico a bordo deu-lhe algo para tomar e depois disse-me que ele certamente não viveria mais do que algumas poucas horas. Sentei-me ao lado de sua cama; seus olhos estavam fechados e pensei que dormia, mas chamou-me com uma voz fraca e, pedindo que me aproximasse, disse:

– Ah! A força de que eu dependia não existe mais. Sinto que logo morrerei e ele, meu inimigo, ainda ficará vivo. Nos últimos momentos da minha vida não sinto mais aquele ódio que fervia e o ardente desejo de vingança, mas ainda quero a morte de meu adversário. Tenho examinado a minha conduta no passado; num ataque de loucura entusiástica, criei uma criatura racional e devia a ele, dentro das minhas possibilidades, sua felicidade e bem-estar. Mas eu tinha uma dívida ainda maior, para com minha própria espécie. Assim, recusei criar uma companheira para aquela criatura. Ele então mostrou uma maldade sem fronteiras, destruiu meus amigos. E eu não sei onde esta sede de vingança será saciada. A tarefa de sua destruição era minha, mas eu falhei.

Parando um pouco de falar, respirou, ofegante, por alguns momentos e continuou:

– Não posso lhe pedir para renunciar ao seu país e a seus amigos para continuar essa tarefa que era minha. Mas que ele continue a viver para ser um instrumento de danos horríveis, perturba-me. Gostaria que você pensasse sobre isso e pesasse bem o que seria melhor você fazer: renovo meu pedido de que você conclua a minha tarefa, se achar que pode. De qualquer maneira,

procure ser feliz almejando a tranquilidade e evite a ambição, mesmo que, aparentemente, seja uma ambição inocente como a de querer distinguir-se na ciência e nas descobertas. Quem sou eu para dizer isso? Fui derrotado, mas uma outra pessoa talvez possa vencer.

Sua voz ia ficando cada vez mais fraca enquanto falava e, finalmente, exausto pelo esforço, afundou no silêncio. Meia hora depois tentou falar outra vez, mas não pôde. Apertou minha mão e seus olhos fecharam-se para sempre, enquanto a sombra de um leve sorriso passou pelos seus lábios.

Tenho que parar de escrever. Que barulho é esse? É meia--noite. Sopra uma brisa suave. Outra vez, há um som de uma voz humana, mas muito mais grossa. Vem da cabine de Frankenstein, morto. Preciso ir verificar.

Deus! Que cena acabou de acontecer! Ainda estou tonto! Nem sei se conseguirei contá-la, mas o que já escrevi ficaria incompleto sem essa catástrofe final.

Entrei na cabine onde estava o corpo de Frankenstein. Sobre ele curvava-se a figura que não tenho palavras para descrever. Gigantesco em altura e grosseiro e distorcido em suas proporções. Seu rosto estava escondido por longas mechas de cabelo áspero; uma das mãos, enorme, estava estendida, de cor e textura como que de uma múmia. Quando sentiu minha aproximação, pulou para perto da janela. Nunca eu havia tido uma visão tão horrorosa como a de seu rosto. Fechei os olhos involuntariamente e, lembrando do que meu amigo havia pedido, esforcei-me e disse-lhe para ficar.

Ele olhou para mim e depois, virando-se outra vez para o corpo de seu criador, exclamou:

– Esta é também uma vítima minha! Com o seu assassinato meus crimes estão consumados. A sucessão do meu ser terminou definitivamente. Ah! Frankenstein, ser generoso! O que adianta agora eu pedir-lhe que me perdoe? Eu, que implacavelmente o destruí destruindo todos que você amava. Ah! Ele está frio! Ele não responde!

A sua voz parecia sufocada e meu primeiro impulso, que era atender ao pedido de meu amigo e destruir o monstro, foi suspenso por uma mistura de curiosidade e pena. Aproximei-me desse ser tremendo. Não conseguia olhar para seu rosto: havia algo tão amedrontador e desumano em sua feiura! Consegui falar:

– O seu arrependimento, agora, não adianta de nada. Se você tivesse ouvido a voz da sua consciência e prestado atenção aos ferrões do remorso antes de chegar a esse extremo da vingança, Frankenstein ainda estaria vivo.

– Você pensa que eu não sentia agonia e remorso? – gritou para mim. – Ele não sofreu um milésimo da angústia que eu sofri durante a execução de minha vingança! O meu egoísmo me levava adiante enquanto meu coração estava envenenado pelo remorso. Meu coração foi moldado para ser sensível ao amor. Quando a desgraça levou-o a ser mau e a odiar, não aguentou a violência da transformação sem sentir-se torturado, como você não pode imaginar. Depois da morte de Clerval – continuou –, voltei à Suíça arrasado. Sentia pena de Frankenstein e abominava a mim mesmo. Mas quando descobri que o autor da minha existência e de seus tormentos inenarráveis ainda esperava conseguir felicidade, que enquanto eu acumulava desgraça e desespero sobre mim, ele procurava para si mesmo o prazer dos sentimentos e paixões, então uma inveja impotente e uma indignação amarga encheram-me de uma sede de vingança insaciável. Resolvi levar a minha vingança até o fim. Sabia que estava preparando para mim mesmo uma tortura mortal: eu era o escravo, não o senhor, de um impulso que eu detestava, mas que não podia desobedecer. Agora está tudo terminado. Esta é minha última vítima. Sei que jamais terei a simpatia de ninguém deste mundo. Já tive sonhos de bondade e alegria. Já tive esperanças de encontrar seres que, perdoando minha aparência, poderiam amar-me pelas qualidades que eu tinha dentro de mim. Mas há tempo que tudo está perdido. Nem posso acreditar que sou a mesma criatura. Enquanto eu destruía as esperanças de Frankenstein, meus desejos de amor e companhia continuavam insatisfeitos.

Serei sempre considerado o único criminoso, o único culpado, enquanto todos os que me conheceram cometeram injustiças para comigo? É verdade que sou um desgraçado, matei inocentes. O meu criador, que merece o amor e a admiração entre os homens, ali jaz, pálido e frio. Você me odeia, mas o seu ódio não se iguala ao ódio que sinto por mim mesmo. Não tema mais desgraças. Meu trabalho está quase terminado; só uma coisa falta ser feita: terminar a minha existência. Deixarei esta embarcação na placa de gelo que me trouxe até aqui e irei em direção à extremidade mais ao norte do globo. Farei minha pira funerária e irei me consumir em cinzas, de maneira que jamais alguém possa criar um outro ser parecido comigo. Morrerei. Não verei mais o sol ou as estrelas, não mais sentirei o vento em minha face. Mas também não mais sentirei esta agonia nem o desespero dos meus desejos insatisfeitos.

Adeus. Adeus, Frankenstein! Se você ainda estivesse vivo, e ainda tivesse o desejo de vingança, saberia que essa vingança era melhor saciada com a minha vida do que com a minha morte. Mas se, de um modo desconhecido para mim, você ainda pensa e sente, não queira sofrimento maior para mim do que o que sinto agora. Não há dor maior do que a do remorso. A morte será paz, para mim. Mas logo eu estarei morto e minhas cinzas se espalharão pelo oceano. Meu espírito dormirá em paz. Adeus.

Pulou a escotilha da cabine sobre a jangada de gelo que estava perto da embarcação. Foi rapidamente levado embora pelas ondas e perdeu-se na escuridão e na distância do desconhecido.